JN190982

# 太陽は魔狼に耽溺す

AKUTA
KASHIMA
鹿嶋アクタ

ILLUSTRATION 円陣闇丸

# CONTENTS

# I

「──やっと見つけた、俺のソル」

深夜零時過ぎ。見知らぬ男に手首を掴まれて、全身がそそけだつ。今夜は大学の友人たちとの飲み会だった。軽く残っていた酔いが一気に冷める。

相馬太陽は素早く相手を確認した。

（でか……なんなんだ、こいつ）

身長百七十九センチある太陽が、見上げねばならないほどの長身だ。こんな目立つ男、ひと目見たら絶対に忘れないだろう。コンビニもない閑静な住宅街で、男の存在は完全に浮いていた。

（百八十五、もっと上か？）

下手をしたら百九十近くあるかもしれない。

ふと高校の部活仲間たちの顔が脳裏を過った。バスケ部で、皆この男と同じくらい背が高かった。右膝に鋭い痛みが走り抜け、太陽はぎくりとした。

（……痛い？　違う、錯覚だ）

怪我はとっくに完治しており、リハビリだって必要ない。怪我でバスケ部を辞めてから一年以上経つのだ。

太陽はふう、と腹に力を溜め、きっぱりと言い放った。

「人違いっすよ。手、放して貰えます？」

男は答えない。いよいよ気味の悪い男だ。焦れた太陽は、掴まれた腕を強引に振りほどこうとした。男は握った手首に一層力を込めてきた。遠慮のない凄い力だ。

「……いい加減にしないと警察呼ぶぞ」

相手を睨みつけてから気づく。こんなときになんだが、その不審者はちょっと信じられないほどの美形だった。怒りも忘れ、目の前の男に見惚れる。

街灯に照らされた彼の髪は極端に色素が薄く、プラチナブロンドというよりも銀髪に見える。髪と同じ色の眉毛と睫毛がまるでけぶるようだった。

長めの前髪が憂い顔によく似合っているが、彼ほど美形じゃなければ鬱陶しいと言われておしまいだろう。

（アルビノ、なのか？）

高校の頃生物で習った記憶を引っ張り出した。だが思いついた考えを太陽はすぐ否定する。アルビノなら肌の色も白い筈だ。男の肌は僅かに褐色がかっている。

我ながら不躾（ぶしつけ）な視線だと思う。しかし、いくら見つめても、男は何も言ってこなかった。

それをいいことに太陽はまじまじと相手の顔を観察した。

瞳の色も銀色で――さすがにこれはコンタクトレンズだろうが、男の美貌（びぼう）によく似合っている。高くすっきりとした鼻梁（びりょう）、彫りの深い顔立ち、どう見ても日本人ではない。

着ているものはTシャツにスキニータイプの黒のパンツ、レザーのスニーカー、どれもシンプルだが男によく似合っている。この顔でこのスタイルであればどんな服だろうと着こなせそうだった。

（うわ～、顔ちいさいのに手足長っ！）

互いの腰の位置を比べかけたところで、太陽はようやく我に返った。

（ちょっとイケメンだからなんだってんだ。不審者だぞ、こいつは！）

太陽はジャケットに入れてあるスマートフォンを取り出そうとした。だが掴まれた右手側のポケットに入っているせいで、もたついてしまう。

（通報するって言ってんのに、どこまで余裕なんだよ。頭イってんのか）

ようやく左手で右ポケットのスマホを掴み、太陽は最後の警告をした。

「おい、放せって……！」

叫びかけた形のまま太陽はぽかんと口を開いた。白い大きな蛾（が）がすぐ目の前を過ってゆ

く。続けてもう一匹、さらに一匹。異変を感じ太陽は頭上を振り仰いだ。

「……ひっ！」

街灯を覆い尽くす勢いで大量の蛾が飛んでいた。住宅街のいったいどこにこれほどの蛾が潜んでいたのだろう。異様な光景に鳥肌が立つ。

その時、まるで太陽の声に反応したように、蛾が何匹かまとめてこちらに近づいてきた。

「う、わあ」

顔に張りつかれそうになり、首を竦める。群がる量が多すぎて、手で追い払おうとしてもキリがない。

パニックに襲われかけたとき、横から伸びてきた逞しい腕に抱き寄せられた。

（え？）

気がつけば、さっきの男が太陽をすっぽり抱き込んでいた。大きな掌で後頭部を庇われる。太陽は安堵のため息をついた。

（いや、ほっとしてる場合じゃないだろ！）

我に返り、太陽は男の胸から逃れようとした。その視界に赤いものがチラついた。

「あ……」

闇の中、ちいさな炎が灯った。次の瞬間、蛾がいきなり眼前で燃え上がる。驚きに声も出せぬまま、太陽は次々と蛾が炎に包まれるのを眺めていた。大抵は地面に落ちるまでに燃え尽きたが、中にはコンクリートの上でのたうち回っているものもいる。

「奴の見張りがもうここまで来たか……」

独り言らしい男の呟きは、どこまでも落ち着き払っている。その意味を考える余裕もなく、太陽は目の前の男にしがみついた。

（怖い怖い怖い……！）

心臓が狂ったように拍動し、身体がおこりのように震えだす。気を失わないのが不思議だった。

「……っ」

無遠慮に顎を掴まれて、太陽は息を呑んだ。不審者に自分から抱きついてしまったが、今の太陽はそれどころではない。恐怖ですっかり足が竦んでいた。

「何故、震える？」

顔を覗き込んできた男を反射的に睨みつけた。蛾が突然燃え上がるなんて普通じゃない。男の落ち着き払った態度が異様に思えた。

「あいつらいきなり燃え出したんぞ、ビビって当たり前だろ……!?」

話している最中にも燃える蛾が足元に落ちてくる。思わず悲鳴を上げると、胡乱げな眼差しで男がじっとこちらを見た。

「まさか……炎が怖いのか？　おまえが？」

男が何を言っているのか太陽にはわからなかった。表情に変化はなく、顔が整っているぶん余計に不気味だ。

あたりを見回すと、あれだけ沢山いた蛾はほとんどいなくなっていた。地面に落ちたものもすべて灰になったらしく既にその痕跡が見当たらない。

炎が視界から消えたことで恐怖が和らいだ。

「ソル――？」

何故この男は、知らない名前で自分を呼ぶのか。さっきまでの恐怖が苛立ちに変わり太陽は渾身（こんしん）の力で男の胸を突き飛ばした。

「いい加減、離せよ……！」

悔しいことに相手はビクともしなかった。鼻白んだ様子で男が太陽を解放する。

男を睨みつけることもできず己の肩を抱き締めた。頭では早くこの場から逃げたいと思うのに、足が震えて動けない。

「もうすぐヴィーザルがおまえを殺しに来る」

殺す、という強いことばに太陽は咄嗟（とっさ）におもてを上げた。無表情にこちらを見返す相手が不気味ですぐにその視線を逸らす。

　これ以上、相手にしていては駄目だ。

「……ッ」

　太陽はその場から駆け出した。

　本当なら捨て台詞のひとつでも吐きたいところだったが、一刻も早く男のもとから離れたかった。下手なことを言って追いかけられては堪らない。

「は、はっ、は」

　夜道に自分の足音だけが木霊（こだま）する。幸いなことに男が追いかけてくるような気配はなかった。だが安心するのはまだ早い。

　角を曲がると自宅マンションが見えてくる。ようやくそこで、太陽は背後を振り返った。

（よかった、いない……）

　速度を緩めないまま太陽はマンションのエントランスに飛び込んだ。鍵でオートロックを解除して、扉が閉まる数十秒を祈るような気持ちで待った。

　全面ガラス張りのエントランスは通りの先まで見通せる。自分は郵便ボックスの陰に身を潜め見守ったが、男が現れる様子はなかった。

　張り詰めていた息をほどく。視線を落とすと、まだ指が震えていた。誤魔化すためにぎゅっとそれを握りしめる。

（せっかくいい気分で帰ってきたのに、台無しだ……）

大学進学を機に一人暮らしを始めて三ヶ月、ようやく今の生活にも慣れてきた。

太陽はずるずるとその場にしゃがみこんだ。立てた膝を抱え、きつく目を閉じる。

太陽は、こどもの頃から何故か炎が苦手だった。

別に大きな火傷を負ったことも、火事に遭遇したこともない。両親に聞いてもトラウマになるような出来事があったわけでもないのに、本当にちいさな頃から火を怖がっていたそうだ。

エレベーターの稼動音が聞こえ、太陽はおもむろに立ち上がった。こんなところにしゃがみこんでいては、自分が不審者だと思われてしまう。

降りてきたエレベーターに乗っていたのはあまり見かけない中年男だった。入居したばかりのマンションなので、知らない顔のほうが多い。

スウェットにサンダル履きなのは、近所のコンビニに行くのだろう。そんなことを考えて、太陽は思わずハッとした。

（そうだ、さっきの不審者！　一応通報しておくか……？）

このあたりは学生専門のマンションや女子寮が多く、治安は決して悪くない。それでも、痴漢が出没することもあるようだった。

太陽はスマホの液晶を睨みつけたあと、ふうとちいさく溜息をついた。

あの男に不快な思いをさせられたのは事実だが、別に金も取られていないし殴られてもいない。蛾の件は不気味ではあったが、男との関連は不明だ。

（なんだったんだろうな、アレは）

所謂超常現象というやつだったんだろうか。ＳＮＳで似たような騒ぎがなかったか調べてみたが空振りだった。

部屋に戻り、一息ついた後で太陽はスマホで『ソル』と検索してみた。どこかの会社や飲み屋、メキシコのビールなんかが検索結果として並ぶ。

（どれもピンとこないな）

次に太陽は『ヴィーザル』を調べてみた。『ヴィーザルがおまえを殺しに来る』だなんて言われれば、ちょっとは気になるというものだ。

検索結果の一番上に表示された項目をタップしてみる。

（北欧神話？）

スマホゲームでチラッと触れたことがあるくらいで、ほとんど知識のないジャンルだ。

調べてみるとヴィーザルはオーディンの息子だと書いてあった。

（オーディンならちょっとはわかる。北欧神話の神様で、確かグングニルの槍を持ってるんだよな？）

眠気と戦いながら太陽はスマホの画面をスクロールした。オーディンがどんな神なのか簡単に書かれている。

（えーっと……オーディンはフェンリルっていう巨大な狼に食われたが、息子のヴィーザルがそのフェンリルを殺した、と）

ふあ、と大きな欠伸（あくび）が出る。日中の疲れと身体に残ったアルコールからか、耐え難い眠気にさらわれる。

抵抗することなく太陽は呆気なく意識を手放した。夢の世界に堕ちる寸前、ふいに声が蘇る。あの不審な男の声だった。

『――ソル』

深い眠りに突き飛ばされる。

髪が燃え、肌が焦げる。

熱い熱い熱い熱い熱い熱い熱い熱い熱い熱い熱い熱い熱いあついあつ……。

心臓が狂ったように拍動する。息ができない。苦しい。だがこの足を止めることはできない。たとえ踵（かかと）が砕けようと、たとえこの胸が張りさけようと。

アレが追いかけてくる。やがてこの身を追い詰め、追いつき、貪（むさぼ）り食おうとしている。

鋭い牙は肉を食い破り、流れた血を啜（すす）り、あとには骨一片さえ残らない。

嫌だ嫌だ嫌だ嫌だ嫌だ嫌だ嫌だ嫌だ嫌だ嫌だ嫌だ嫌だ嫌だ嫌だ嫌だ嫌だ嫌だ。生きながら食らわれるのは嫌だ。

祈りは虚しく空回る。恐怖に全身が粟立つ。眦（まなじり）は乾くことなく涙を流し続けている。

（ああ！）

背後から声が近づいてくる。湿った息吹がうなじを舐めるのを感じた。

――太陽（ソル）！

アラームが鳴っている。

一瞬自分がどこにいるのかわからず、太陽は混乱した。

見慣れた天井、壁、リネン。手探りでアラームの音源を探す。激しく振動するスマホを掴み、唸りながらアラームを解除した。

夢を見た――ような気がする。もう内容も思い出せないが、起き抜けなのに妙な疲労感が残っていた。

（二日酔い……ってほど飲んでない筈なんだけど）

すっきりしない頭で太陽はぼんやりとスマホを眺めた。液晶に表示された時刻は午前九時二十三分。身支度をして二限目に出席するにはギリギリの時間だ。

ベッドから慌てて抜け出して洗面所へ向かう。冷たい水で顔を洗うとすこしだけ意識がはっきりする。歯を磨きながら太陽は鏡を見た。

よく目つきが悪いだの生意気だの言われがちな切れ長の奥二重、自慢するほど高くもなく卑下するほど低くもない鼻、すこし大きめの口は見る相手によってチャームポイントにも欠点にもなりそうだ。

美形でも不細工でもない、ごくごく平均的な容姿だと思う。本当にそう思っているのだが、友人たちに言わせると贅沢にもほどがあるそうだ。

（なんだ……？）

生まれた時からずっと付き合っている、自分の顔だ。見慣れている筈なのに、今朝はなんとなく違和感を覚えた。

己の頬を撫でながら、太陽は昨夜の男のことを思い出していた。彼のような完全無欠な美形だったら、いったいどんな気持ちなんだろう。

（まあ、いくらイケメンでも頭イカれてんのはちょっと……）

鏡を見ながらワックスで髪を整える。最近までずっと坊主に近い短髪だった。それほど高校時代はバスケ命で、彼女がいても部活優先だった。

（髪、だいぶ伸びてきたな）

今はヘアスタイルにも気を使っているつもりである。

高校生になってから太陽は急に女の子たちから注目されるようになった。ひょろっとしていた中学生時代と比べ、身長が伸びて男らしい身体つきになったからだろうか。

陰で『相馬君って、なんかエロい』と言われていることを知り困惑したものだ。

ちなみに生まれて初めてできた恋人との初体験は散々だった。相手の子が太陽を経験者だと信じて疑わなかったのだ。恋人の期待を裏切らないようにと、最中はひたすら必死だったせいで、甘い記憶なんかひとかけらも残っていない。

結局その彼女とも受験を機に距離ができてしまい、自然消滅的に別れてしまった。

（そろそろ彼女とか欲しいなー……）

親元を離れて三ヶ月。独り暮らしも落ち着いてくるとなんだか人恋しくなってくる。

昨夜ゼミの飲み会に参加したのも、下心があってのことだ。手応えはあったようななかったような、恋愛下手な太陽は判断に困ってしまう。

スウェットからジーンズに穿き替えて、白のTシャツの上に半袖の黒カーディガンを羽織る。至って無難なコーディネイトだ。

朝食は食パンを焼いて、目玉焼きにフレッシュサラダ――なんて理想通りにはいかず、ゼリー飲料で手っ取り早くカロリーだけ摂取した。ファイルとタブレット、テキストが入ったデイパックを背負って家を出る。

駅までは徒歩十五分といったところだが、今日はペースが早かったらしく、一本早い電車に乗ることができた。

運良く空いている座席に座りながら、太陽はデイパックからスマホを取り出した。ブラウザを起動すると、昨夜の検索結果のページが目に飛び込んでくる。

ふと思いついて、ヴィーザル、ソルで検索してみた。あのおかしな男は太陽のことをソル、と呼んだ。『ソル』だけでは空振りだったが、今度はどうだろうか。

（お、出てきた。あー……『ソル』あるいは『ソール』は北欧神話に出てくる太陽の女神。女神はスコールという狼に常に追い立てられ、最後には食われる？）

あるところに美貌の双子が生まれる。ふたりの愛らしさに浮かれた父親は、不敬にも姉に太陽（ソル）、弟に月（マーニ）と名付けた。その結果、神々の怒りを買い姉は太陽の、弟は月の運び手とされてしまう。

（これ双子は完全にとばっちりじゃん。名づけた親父が悪いだろ）

ソルはスコール、マーニはハティという狼につけ狙われ、最後には捕まり丸呑みにされたとあった。地上から月と太陽が消え、神々の黄昏（ラグナロク）が始まった。

お日様が狼に食われてしまう、などいかにも神話らしい話だ。

（俺が太陽の女神ねえ……）

ゲームや漫画で聞きかじった程度の知識しかないが、『ラグナロク』ならなんとなく知っている。戦争、それも神々の戦争の筈だ。しかし誰と誰が敵なのか最後は誰が勝ったのか、そこまでの知識はなかった。

降車駅の三つほど手前で車内が急に混み始め、スマホをしまい太陽は立った。己の座っていた席に年配の婦人が座ったのを見届けて、扉の近くへ移動する。スマホを弄りたくてもこの人混みでは無理だろう。諦めて太陽は電車の外へと視線を向けた。

（そろそろ梅雨（つゆ）入りかな）

車窓から見上げた空はどんよりと暗く雲が多い。電車の揺れに身を任せ、ふうとため息をこぼす。

太陽は日本人にしては長身のほうだし、それなりに身体も鍛えている。この自分を見て女性、ましてや女神を連想する人間などどこにもいないだろう。

普通だったら笑い話にして次の瞬間には忘れているような話だ。

だがどこかで笑い飛ばせずにいるのは、偶然の一致のせいだった。あの男は何故自分のことをソル、太陽の女神と呼んだのか。

（あいつ、俺の名前知ってんのか）

SNSの類はやっていないし、太陽が在籍していたバスケ部は県大会止まりだったから、メディアに取り上げられたこともない。

（なんか気味悪いな。個人情報とか、売られてたりして）

自意識過剰だろうか。だがあの男は太陽と出会った瞬間『やっと見つけた』と言っていた。

それが気になる。

今更ながら偶然の一致では済まない気がしてきた。

もやもやした気持ちのまま、電車が大学の最寄り駅に到着する。ホームに降り改札口へ向かう途中、知った声に呼び止められた。

「おいっす、相馬。なんか同じ電車だったみたいだな」

茶髪パーマにフレームの細い丸メガネ、見れば同じ一年生の横田だった。

入学式のガイダンスでたまたま近くの席に座り、構内で顔を合わせればなんとなく話すようになったひとりだ。一応友人と呼べるだろう。

横田は一浪しているので年齢はひとつ上だが、年上らしいと感じることはほぼなかった。そのぶん気楽に付き合える。

並んで改札を抜け大学へと向かう途中、思い出したように横田が言った。

「昨日合コンだったんだろ。いい子いたか？」

「合コンじゃない、ゼミのコンパ」

「おっ、なんかテンション低くない？　ひょっとしてなんかやらかした？」

横田の眼鏡がきらりと輝いたような気がした。単なる下世話な興味で訊いているのか、太陽の気を紛らわせようとしてくれているのか。付き合いが浅いのでどちらともつかない。

「俺がやらかしたわけじゃない。実は昨日……家に帰る途中、変質者に会ってさ」

ええっと大袈裟(おおげさ)なほど驚いて、権田は気遣うような顔をした。太陽の肩をぎゅっと握り締める。

「おいおい、おまえ大丈夫だったのかよ」

「こうして大学に来てるんだから大丈夫に決まってるだろ」

太陽が苦笑して答えると横田はぷるぷる頭を振った。

「いや、相馬じゃなくて『変質者』のほうを心配してるの。ボコボコにして過剰防衛で訴えられたりとかしない？」

「するわけないだろ。俺のこと、どんだけ短気な人間だと思ってんだ」

てっきり心配してくれたのかと思った。呆れて横目で睨みつけると横田はヘラリと笑ってみせた。

「短気っていうか、相馬は身長もあるし身体も鍛えてるっぽいからさー。怒らせたくないって」

そう言う横田も、身長は百七十五センチ前後と別に小柄というわけじゃない。少々痩せ気味だが、今時の大学生なら普通だろう。

「俺よりずっとデカかったけどな。その変質者」

「は？　なにそれ、こっわ！」

怯えた顔をした横田は、次の瞬間にケロリとした様子で「俺、次三階だから走るわ」と太陽の返事も待たず駆け出した。相変わらずのマイペースだ。

スマホで確認すると二限目の開始時刻まで五分を切っていた。これから向かう講義室は二階だが、横田を見習い走るべきかもしれない。

「ん？」

太陽が駆け出そうとしたときだった。ふと横顔に視線を感じ、反射的にそちらを見る。

学生掲示板の傍にぽつんと立っている人物がいた。太陽は思わず首をかしげる。

（あんな学生いたか？）

金髪碧眼、すらりとした長身、顔立ちは映画俳優かモデルのようだ。留学生など珍しくもないが、こんな凄まじい美形は初めて見た。

もしかして昨夜の男の関係者なのだろうか。一瞬そんな考えが頭を過った。顔はまったく似ていないが、なんというか雰囲気が似ていると思ったのだ。

しかしだんだん、自分が何故そう思ったのかわからなくなる。日本人ではないという共通項くらいしかなさそうだ。

（うわっ、目ん玉水色。ビー玉みたいだ）

綺麗すぎてなんだか作り物めいている。とても血の通った人間の瞳とは思えなかった。

青年は太陽のことなど興味はないといった様子で、ふいと違う方向へ顔を向けた。きょろきょろしているので、太陽を見ていたわけではなく、誰かを探しているのかもしれない。

（うちの学生と待ち合わせか？　っと、そろそろ行かないとやばいな）

次はドイツ語初級で、出欠カードは講義の最初に人数分だけ配られるのだ。遅刻してしまうと出席扱いにならない。太陽は慌てて走りだした。

階段を二段飛ばしで駆け上がり、どうにか講師より先に講義室へと到着する。弾んだ息を整えながら、太陽は空いている席を探した。絶好のポジション、つまり後方の席はほぼ埋まっている。

見知った顔を探していると、講師が講義室に入ってきた。

（もうどこでもいいか）

取り敢えず最前列は避けて、空いている席に腰を下ろす。講師が出欠カードを配っていると、新たに学生が入ってきた。

「おっ、ぎりぎりセーフ」

ふざけた調子で講師が告げる。その学生は迷うことなく最前列、しかも講師の真正面に着席した。なかなかの度胸だが、太陽が気になったのは別のことだった。

（さっき掲示板にいた奴だよな。この講義取ってたのか？）

講師の真正面に陣取ったわりに、金髪の青年はテキストやノートどころかタブレットさえ用意していなかった。太陽にはとてもじゃないが真似できそうもない。

出欠カードが回収され、ようやく講義が始まった。

「それでは今日は動詞の現在人称変化と不定詞についてやりますね。三単現だけ気をつけてればよかった英語と違い、ドイツ語は一単現や二複現で動詞が変化します」

なんとなく格好いいから、という理由で履修を決めたドイツ語だ。多少後悔しないでもないが、単位を落とすわけにはいかないので必死についていく。

「ドイツの動詞はほぼenで終わりますが……」

講義が始まってから十分もしないうちに、金髪の青年が突然立ち上がった。

ざわめく周囲を気にも留めず青年は部屋から出て行ってしまう。講師はちょっと目を見張ったものの、咎めるでもなく講義は続行された。

（なんだったんだ、あれ）

最後に抜き打ちの小テストが行われ、冷や汗をかきつつ講義が終わる。

講義のあと気になって窓から学生掲示板のあたりを眺めてみた。当然のように青年の姿は既にない。

スマホが鳴ったので確認すると、ＬＩＮＥに横田からスタンプとメッセージが入っていた。

『学食行かね？』

キャンパス内に食堂はふたつあり、そのうちひとつはこの棟の一階にある。学食と言えば一階の食堂を指すのが普通だ。

太陽はいいよ、と答えて一階へ移動する。学食へ行くと横田のほかに、里塚（さとづか）と今井（いまい）、高田（たかだ）がいた。皆同じ学科の一年で、里塚は横田と同じ浪人組だ。

なんとなく金髪の学生について訊ねてみる。だが皆心当たりはなさそうだった。高田がニヤつきながら言う。

「イケメンが気になるって、それってライバルになりそうだから？」

「ライバルって？」

意味がわからなくて質問に質問で返してしまう。高田がしたり顔で頷いた。

「うん、イケメン同士って対抗意識とかあるのかと思って」

太陽は高校時代モテないわけではなかったが、それは単にバスケ部で活躍していたからだ。ちょっと背は高いかもしれないが、顔は別に普通だと思う。

「俺のどこがイケメンだよ」

笑って言い返すと、鼻息荒く里塚が割り込んできた。

「相馬はイケメンだろ」

「は？　いやいや、俺よりイケメンなんて腐るほどいるだろ」

里塚の黒縁眼鏡がキラリと光ったような気がした。

「おまえがイケメンじゃないとかどんだけハードル上げるつもりだよ。ちょっとはフツメンやグロメンの気持ちを考えろ。言っておくけど一応横田もイケメンの部類だからな」

「なんで早口なんだよ」

イケメンと言われたせいか嬉しそうに横田が突っ込む。太陽は無言で蕎麦を啜った。

昼休みのあと三限目はＰＣ室で心理学演習、四限目はゼミだった。今日も無事一日が終わった――と言いたいところだが、まだバイトが待っている。

駅へ向かって歩いていると、同じゼミを取っている女の子から買い物へ行こうと誘われた。思わずバイトをサボりそうになったが、丁重にお断りをする。

「そっか残念。じゃあまたバイトがない時にね」

明るい返事を貰いホッとする。女の子とホームで別れたあと、やっぱりバイトをサボるべきだったかしばし悩んだ。

（ああいう明るい子と付き合ったら楽しそうだな）

電車に乗って自宅の最寄り駅で下車し、徒歩一分の場所にバイト先のコンビニがある。

シフト開始まで後二十分。

ロッカーの前にパイプ椅子がふたつ置いてあるだけの、休憩室とも呼べないようなスペースで太陽は早めの夕食を取る。

店で買ったサンドイッチをもそもそ食べていると、バイト仲間の津島が出勤してきた。

津島は院に通う二十四歳でこのコンビニにも三年以上勤めているベテランだ。

パックのジュースを一気に飲み干し、ロッカーから制服を取り出して着替える。

十八時になると、津島と一緒に店へ出た。帰宅ラッシュのせいで二台のレジには長蛇(ちょうだ)の列ができていた。

クローズしていたレジを津島が開き、太陽もすかさずサッカーに入る。十分もすると列は一旦解消したが、そのあとも客は途切れなくやってきた。十九時になり昼シフトのフリーター組が退勤して、津島と太陽のふたりだけになる。

コンビニバイトはレジを打つ以外にも、弁当やパンの賞味期限チェック、店内清掃、品出し陳列と色々やることが多かった。

「相馬くん、そろそろレジチェックを……」

「了解っす」

気がつけばあがりの時間が近づいていた。レジ金に過不足がないかチェックをする。二十三時五分前、交代の深夜バイトがやってくる。幸いレジの過不足金もなく、太陽は気持ちよくバイトをあがることができた。

「お先に失礼します」

レジの中にいるふたりに声をかけると、明るく手を振り返された。

「おつかれっした～」

コンビニから一歩外へ出た途端、女性の悲鳴じみた声が耳に届いた。咄嗟に声のしたほうへ視線を向ける。

（おっと）

ＯＬ風の女性が数人の男に囲まれている。彼女が手に持つコンビニ袋を見て、太陽はちいさな溜息を吐いた。中身はお茶とおにぎりで、つい先ほど己がレジを通したものだ。バイト帰りに厄介事とはついていない。だがこのまま見て見ぬふりはできなかった。

太陽は大きく声を張りあげる。

「お客様！」

一斉に視線がこちらに集中する。女がハッとした顔をしたのは、コンビニの店員だと気付いたからだろう。

邪魔するなと言わんばかりに男のひとりが睨みつけてくる。だがその前に太陽を見て一瞬怯んだのを見逃しはしなかった。男たちは全部で四人いたが、皆太陽より小柄だ。

（元バスケ部舐めんなよ）

とはいえ、いくら体力があって体格がよくても四対一では不利だろう。ここは穏便（おんびん）に済ませたい。

太陽は女性の目を見てはっきり告げた。

「お客様の落し物をレジでお預かりしております。取りに来て頂けますか？」

え？　と不思議そうに呟いてから、女性は太陽の意図を察したらしい。勿論彼女は落し物なんてしていない。口からでまかせだった。

女性はこちらに駆け寄ろうとしたが、男のひとりに腕を掴まれる。

「このひと、今俺たちとお話してるんだよね。落し物ならあんたがここへ持ってきてくれよ」

女性は絶望的な顔をして、そのまま俯いてしまう。細い腕に男の指が容赦なく食い込むのが見えた。

「拾得物の引き渡しに関しては、ご署名を頂く規則になっております。それほどお時間は取らせませんので、お願いいたします」

男たちがまだ言い返してきそうだったので、太陽はわざとらしく防犯カメラへ視線を向けた。女の腕を掴んでいた男がそれに気づき、舌打ちしながら手を離す。

ホッとした顔で女性がこちらへやってくると、太陽は店内へ彼女を促した。

自動扉が閉まる直前、背後からガンと大きな音がした。腹いせ混じりに男たちの誰かが自動販売機を蹴飛ばしたのだろう。太陽は思わずため息を吐いた。

「あの、本当に助かりました。ありがとうございます」

か細い声に女性のほうへ視線を戻すと、小刻みに身体が震えていた。よほど怖かったのだろう。

レジの中から深夜バイトがこちらを見た。すぐに客の対応へと戻ったが、興味津々といった態度だ。

太陽は店の大きな窓から外の様子を確認した。いつのまにか男たちの姿は消えている。

「もういなくなったみたいっすね。念のため通報しますか？」

「あ……いえ、そこまでは」

相手が拒否するなら太陽も無理強いするつもりはない。だが今は姿が見えなくとも男たちが待ち伏せしている可能性もあった。

「誰か、迎えに来てくれる人とかいますか？」

女性は頷いてバッグからスマホを取り出すと、誰かに連絡を取り始めた。

「あの、親が迎えに来てくれるみたいなので、お店のなかで待たせて貰っていいですか？」

「いい……と思います。ちょっと待っててください」

レジに向かうと深夜バイトが待ってましたとばかりに口を開いた。

「相馬君、ナンパすか？」

違います、と真顔で太陽はかぶりを振った。

「あのひと、ちょっとタチの悪い男たちに絡まれてて……」

「あー、マジで。このへんも最近物騒になってきたもんなあ」

深夜バイトの隣で津島が鼻に皺を寄せて頷く。太陽は本題を切り出した。

「それで、迎えが来るまであの人ここで待って貰っても大丈夫ですか？」

「バックヤードに匿えってなったら店長の許可が必要だけど、店の中でウロウロするぶんには問題ないいんじゃね」

大丈夫っすよね、と深夜バイトが津島に訊ねると、か細い声で「たぶん大丈夫だと思う」と返ってきた。

「あざます！　俺、あの人に伝えてきますね」

頭を下げ女性のところへ向かった。

「もし何かあったら、ここの店員になんでも言ってください」

「あ、はい……」

いかにも心細そうな様子だが、これ以上太陽にできることはない。津島たちに「お先に失礼します」と声をかけ今度こそ店を出た。

先ほどの男たちが潜んでいないか、念のためあたりを確認する。ウインドウ越しに女性が頭を下げるのが見えた。太陽も頭を下げ返す。

（さすがに、あいつらもういないみたいだな）

バイトからの開放感に太陽は大きく伸びをした。昼間の蒸し暑さが嘘のように、半袖だとほんのすこし肌寒い。

ふと、ジーンズのポケットが震えた。母親から今年の夏休みはいつ帰省するのか確認のLINEだった。取り敢えず既読にだけして、返信は家に帰ってからすることにする。

スマホをジーンズのポケットにしまいながら、太陽はふっと顔を上げた。バス停前にぽつんと人が立っている。太陽は僅かに眉を顰(ひそ)めた。

この時間、最終バスは既に行ってしまったあとではなかったか。

(あれ?)

バス停が近くなってハッとする。立っているのは金髪の男だった。

(ドイツ語にいた奴だ)

ここは大学の最寄り駅と同じ路線だ。名前までは知らなくても、同じ大学の学生が近所に何人か住んでいる。

だからここで大学の関係者に会ってもおかしな話じゃない。その筈なのに――よくわからない漠然とした不安が胸に込み上げてくる。

(昨日といい、今日といいなんなんだいったい)

男の目の前を通り過ぎるのがなんとなく憚(はばか)られて、太陽は車道を横切った。反対側の歩道からバス停を見て、思わず足を止めてしまう。

「えっ!?」

さっきまでバス停の前に立っていた青年がいつのまにか消えている。バスを諦めて歩き去ったのだろうか。だが道は一本道で、身を隠すものもない。

(足早いってレベルじゃないよな。どこに消えた?)

心臓が嫌な感じにドキドキする。太陽は立ち止まり、バス停のほうを見た。

「既にマーキングされていたとは」

耳元で声がして振り返る。もうすこしで太陽は悲鳴を上げるところだった。自分の背後に張り付くように立っていたのはあの金髪の青年だ。

偶然なんかじゃない。どうやら彼は太陽に用があるらしい。問題は太陽には心当たりが一切ないことだ。

「狼(スコール)があなたを食い殺しに来ますよ」

この辺は比較的治安のいい場所だと聞いていたのに疑いたくなってくる。

こちらを凝視しているのに、男は太陽を見ていなかった。まだ昨日会った男のほうが会話が成立しそうだ。ガラス玉のような目が不気味だった。

(昨日から、どいつもこいつもわけわからん話ばっかりしがやって……)

無造作に青年がこちらへ手を伸ばす。

何をする、と太陽が言おうとした瞬間、青年の爪がまるで剣のように長く伸びた。親指以外の四本の指を束ね、こちらの心臓めがけて繰り出してくる。

「ッ！」

地面に転がるようにして太陽は避けた。次の瞬間、信じられないものを見る。太陽が立っていた場所が深々と抉（えぐ）れていた。まさか素手でコンクリートを割ったのか。

逃げなければと思うのに、すっかり腰が抜けていた。青年は軽やかに振り向くとふたたび襲いかかってきた。

今度こそあの爪は太陽の肉を裂き骨を砕くだろう。声も出せず太陽は呆然とへたりこんでいた。青年が大きく腕を振り上げる。

「——！」

目の前に火花が散った。

太陽は我が目を疑った。己の正面にアルファベットのPに似た光が、浮かび上がっている。震える指を眼前に翳すと、膜のようなものに包まれていた。

「なんだ、これ……俺を護ってる？」

爪が折れたのか、青年の指の先から血が滴っている。彼は美しい唇を歪めて言った。

「ルーン魔術〝ソーン〟。これはスコールの仕業（しわざ）ですね。私の目を眩ませていたものの正体がやっとわかりました」

低く呟くと、金髪の青年は反対の腕を伸ばしてきた。火花が一層激しくなり、まともに目を開けていられない。

やがて磁石のS極とS極が反発するように、太陽は後方へ跳ね飛ばされた。背後は壁だ。息を詰め、激突することを覚悟する。

「……ッ」

いくら待っても痛みは襲ってこなかった。固く閉じていた目を恐る恐る開いてみる。その時初めて自分が背後から抱きとめられていることに気がついた。

「え、あ……」

頭ひとつぶん高い場所から声が響いた。

「恐れてもいい。目は閉じるな」

昨夜会った銀髪の男だ。今は太陽のほうを見向きもせず、その視線は金髪の青年を捉えていた。否――。

「……！」

太陽は上げかけた声を飲み込んだ。信じられない光景に膝が震える。さっきまで金髪の青年だった筈の人物は、今やなんとも言えない姿になっていた。

　金髪は僅かに首を傾げ、ああとひとりで納得する。

「これは見苦しいものをお見せして失礼しました。こちらに来るのは久しぶりで、まだ安定しないようですね」

　青年の右腕は胴体と同じかそれ以上に膨張し、血管がボコボコと脈打っていた。無感動に己のアンバランスな腕を一瞥し、青年は指で宙に文字を描いた。

　青年の顔と身体が凸凹（でこぼこ）に歪んだ。内側から何かが潰れるような不吉な音が聞こえる。やがて〝それ〟はふたたび元の姿に戻った。

（嘘だろ、アレ）

　テレビや雑誌から抜け出してきたようだと思った美しい姿も、もはや化け物にしか思えなかった。生理的な嫌悪感すら覚える。

「失せろ、ヴィーザル」

　太陽を腕に抱えたまま、銀髪が素っ気なく告げる。おまえも失せろ、と言いたかったが、今は状況についてゆくのに精一杯だった。

　いったい、何が起きている？

　ヴィーザルと呼ばれた男は唇を皮肉げに歪め、太陽に目を向けた。

「その狼……スコールに生きながら喰われたいですか？　こちらに来なさい、哀れな人の子よ。忌まわしき呪いから解放してあげましょう」

「何言ってんのか全然わかんねーよ。なんなんだ、おまえら！」

男たちは互いにスコール、ヴィーザルと呼び合っている。

混乱しながらも太陽は思い出していた。スコールとは太陽の女神を飲み込んだ狼の名だ。金髪の男ヴィーザルによると、この銀髪の男がスコールらしい。

（ヴィーザルは父親の仇であるフェンリルを殺した。そんで確かスコールはフェンリルの子孫かなんかだった筈。つまり金髪……ヴィーザルは、スコールが俺のことを食い殺しに来たのを止めに来てくれた？）

もしも神話を信じるなら一応筋は通る話だった。

（でも、なんか違和感が……）

先ほどのヴィーザルの動きからして、どう考えても助けに来たとは思えなかった。むしろその次に現れたスコールのほうが、太陽を庇ってくれたように思う。

スマホでちょろっと検索しただけの、付け焼き刃の知識ではこんなものだ。もっと北欧神話について調べておくべきだったたと後悔する。

この男たちが本物のヴィーザルやスコールだと言われたところで、にわかには信じ難かった。だが。少なくとも、彼らは人間じゃない、絶対に。

「マジで、どうなってんだよ」

心臓が壊れそうに鳴っている。指先から血の気が失せ、膝が今にも笑い出しそうだった。

どうやら太陽は選択しなければならないらしい。

ヴィーザルとスコール。どちらを選ぶのが正解なのか。

(北欧神話を信じるなら、ヴィーザルを信じるべきなのか?)

スコールは太陽のことを女神ソルだと思っている。ヴィーザルが言うようにあの男は太陽を食い殺すつもりなのかもしれない。

だが昨夜初めてスコールと会った時、彼は警告してくれたのだ。

『ヴィーザルがおまえを殺しに来る』

もしもスコールが太陽を殺すつもりなら、昨夜こそ絶好の機会だったのではないか。しかし、彼はそうはしなかった。それに、ヴィーザルが襲いかかってきたとき、太陽を護った光る文字――あれはスコールの仕業らしい。

(スコールは俺を助けてくれた?　でもそれって俺を信頼させるための罠なのかもしれないし……)

いくら考えたところで答えなど出そうもない。

太陽は自分を抱き締める腕を押しのけ、背後を振り仰いだ。銀色の瞳が静かに太陽を見据える。こちらの心情を読み取ったのか、彼はきっぱり断言した。

「もう二度と、おまえのことを食うつもりはない」

もう二度とということは、一度は食ったということだ。太陽が答えてあぐねているとスコールは続けた。

「食ったらなくなるからな」

「……はい？」

一瞬冗談を言っているのかと訝しむ。銀髪の美形に真顔でそんなことを告げられて、太陽はどんな顔をすればいいのかわからなかった。

「食って俺のものにしたかった。だが食ってもおまえがなくなっただけだった。そして、後悔した」

元は狼だからなのか、スコールの口調はどこか辿々しかった。その全身からは獣じみた物騒な雰囲気が滲み出ている。

（でもきっと、こいつ嘘だけは言わないと思うんだよな）

敵なのか味方なのかすらよくわからないのに、それだけは何故か確信する。我ながら訳がわからなかった。

ヴィーザルが指で文字を描く。宙に浮かんだか細い光が、上向き矢印の形を示した。

「掴まれ、ソル。奴が来る」

スコールは軽々と太陽を抱き上げると、ぽんと上空へ放り投げた。

「う、わあああああ」

落下する。浮遊感に目を閉じかけて、太陽はハッとした。

『目を閉じるな』

スコールから言われたことばが蘇る。恐怖を堪え太陽はしっかり両目を見開いた。

体が地面に激突する前に、柔らかく受け止めてくれるものがある。太陽は必死にそれにしがみついた。

頬が風を受ける。鼻腔をくすぐるのは草原の匂いだった。どこで嗅いだのかは覚えていない。どこか懐かしい匂いだ。

「あ。あ」

生ぬるい夜を切り裂いて、太陽はどこまでも駆けてゆく。

だが実際に駆けているのは太陽ではなかった。狼、それも驚くほど巨大な狼だ。こどもの頃、動物園で見た象と同じくらい大きいのではないか。

そんな巨大な狼が、太陽を背に乗せて目にもとまらぬ速さで進んでいく。

（まさかこの狼って、あいつ（スコール）なのか!?）

ヴィーザルも追いかけてくるが、スコールのほうがずっと速かった。

巨狼が跳び、軽々と十階建てのマンションの屋上まで移動する。着地も静かで質量を感じさせない動きだ。

走れば走るほどスコールの速度が上がってゆく。必死に掴まっていないと振り落とされてしまいそうだ。

速度が10km/h増すごとに体感温度は一度下がるというが、次第に身体が凍えてくる。いったい時速何キロで走っているのだろう。昔バイクの後ろに乗せて貰ったことがあるが、百キロ以上出ている気がする。

太陽は必死に狼に身を寄せた。毛は硬そうに見えるが意外にフカフカしている。大きなぬいぐるみに全身で抱きついているようだ。

狼の背に張り付きながら太陽は顔を起こした。

（あ、わ――――）

街灯や家々の灯りがたなびいて、光の川のようだった。風は目に沁みるし、恐怖で胃の腑が縮むようだし、指は酷くかじかんでいる。

それなのに、目に映る景色は胸が震えるほど美しかった。

## Ⅱ

十分、二十分、どれだけ時間が経過したのかわからない。スコールの足取りが次第に緩やかになり、やがて完全に停止した。

一瞬で狼から人間の姿に戻ると、腰の抜けた太陽をスコールは赤子のように持ち上げた。何の説明もされないまま、築四十年以上経っていそうなオンボロアパートに連れ込まれる。褪せた畳の上に太陽の身を横たえると、スコールが突然覆いかぶさってきた。

「え、なっ……」

無理やり俯せにされたかと思うと、デイパックを毟(むし)り取られ、頭を押さえ付けられる。すっかり身動きを封じられ太陽は渾身の力で抗った。だが体格も力の差も圧倒的で、手足をバタつかせるくらいしかできない。

恐怖に身を縮めていると、うなじに強い痛みを覚えた。

「ひっ、ぐ、あああ」

牙が皮膚を食い破る。堪えることもできず、喉から悲鳴が迸(ほとばし)った。このまま食い殺されるのかもしれない。そう思った瞬間、絶望のあまり全身の力が抜けた。

「ふ、っ。く……」

獣の匂いが鼻腔を掠める。血と土と草の匂いだ。太陽は弱々しく喘いでいた。

(知っている)

自分は、この匂いを覚えている。

強烈な既視感に襲われるのと同時に、幼い頃遊びに行った祖父母の家が脳裏を過った。川のせせらぎ、深い林と木漏れ日、耳が割れそうなほど蝉の声。目の前の景色が遠くなり、氾濫する記憶に圧倒される。これは走馬灯なのか。

(あ)

あの日、太陽は両親や祖父母の目を盗み、こっそり家から抜け出した。小川までザリガニを取りに行ったのだ。

橋ではなく崖を降りる。五つ年上の従兄弟から『近道』を教わっていた。だが前日雨が降っていたせいで地面はぬかるんでおり、太陽は足を滑らせた。

浮遊感。頭から真っ逆さまに落ちてゆく。蝉の声が限界まで大きくなり、次の瞬間すべてかき消える。

頬に当たる柔らかな感触。乾いた土と草の匂い。何故かその匂いと感触を知っていると思った。

（──）

気がつけば太陽は雲ひとつない真っ青な空を眺めていた。不思議な気持ちで両目をぱちくりさせる。

地面から見上げた崖は、ものすごく高く見えた。

だが太陽は、かすり傷ひとつ負っていない。運がよかった。幼い太陽はそれを不思議にも思わずザリガニ探しに夢中になった。

三十分後、慌てて探しに来た母親に手酷く叱られるまで、太陽はそこで遊び続けた。

どうして今、こんな昔のことを思い出す?

「や、めっ……」

唐突に視界が戻ってくる。

うなじの痛みは既に消え、気がつけば太陽はちいさく啜り泣いていた。

労わっているつもりなのか、スコールが己の噛んだ跡を熱心に舐める。狼の姿ならまだしも、人間の格好でそれをやられるとなんだかおかしな気分になりそうだ。

太陽が無言で押しのけると、今度はあっさり退いてくれる。涙目で相手を睨みつけるとスコールは血で濡れた唇を舌で拭った。

顔だけならどこか貴族めいた上品な美貌のくせに、仕草は獣らしく粗野である。そのせいでなんとなく見てはいけないものを見てしまったような気分になる。

　相手のペースに乗って堪るかと太陽は敢(あ)えて強気で言った。

「いきなり噛みついて、なんのつもりだよ！」

　スコールは僅かに首を傾げてみせた。銀色の髪がさらりと揺れ、褐色の額が露わになる。

狙ってやっているのならあざといが、どうもそうではなさそうだ。

「おまえはヴィーザルに徴(しるし)をつけられていた」

「しるし？」

　そうだ、とスコールは頷いた。

「俺が今上書きしておいたから安心しろ。あのままではおまえがどこに行こうがヴィーザルのヤツに筒抜けだったからな」

　恐る恐る首の後ろに触れてみる。はっきりと牙が突き刺さる感触があったのに、そこには傷跡ひとつなかった。

　徴もそれを上書きしたという件も気になるが、太陽はもっと根本的なことが知りたい。

「何故ヴィーザルは俺を追う？　おまえたちはいったいなんなんだ？」

　スコールはすこし考えて、無言で指を伸ばしてくる。頬に触れられ太陽はびくんと肩を震わせた。

「ヴィーザルは俺がおまえの近くにいることを厭う。またラグナロクが起きることを懸念しているんだろう。そんなことは絶対にあり得ないのだが」

太陽が情報を整理しているとスコールはさらに続けた。

「俺たちが住むのは本来ここではない別の世界だ。だが俺はおまえに会うためにこっちの世界に留まっている。ヤツはそれが気に食わないようだ」

太陽は思わず眉間を指で揉み込んだ。

「つまり……ヴィーザルは俺を殺せばあんたが元の世界に戻ると思ってるんだな」

ああ、とスコールが肯定する。

「俺、完全にとばっちりだよな!?」

アニメやゲームは嫌いじゃないが、自分が当事者になるなら話は別だ。ゲームと違って現実で事件が起きれば、怪我もするだろうし最悪命を落とす可能性だってある。

「今すぐおまえたちの世界とやらに帰れよ！　そうしたらヴィーザルも俺を狙う理由がなくなるだろ」

深夜だということも忘れ、太陽は立ち上がり怒鳴っていた。憎らしいことにスコールは表情ひとつ変えない。

「俺もそう考え、鉄の森に引きこもっていたところ、ヴィーザルは生まれ変わったソルを見つけ出し、すぐに殺してしまった」

「生まれ変わり……？」

「俺がソルを飲み込んだ時、おまえは産み落とした娘に女神の力をすべて譲った。それが現在の太陽の女神だ。力を失ったおまえは、何度も転生を繰り返すことになった」

転生だなんてまるきりラノベやゲームの世界だ。そんなことを言われても、はいそうですかと信じられるわけがない。

「転生……」

「人間の時もあったし、それ以外の時も色々あった。知りたいか？」

信じていないと言いながら、正直なところ聞くのが怖い。犬猫鳥あたりならまだしも、ゲテモノだったらどうすればいい。太陽はぷるぷる首を振った。

「う、いい。知りたくない」

太陽の態度を特に気にした様子もなく、スコールは先を続けた。

「ラグナロクにより、神々も巨人も狼たちも多くの力を失った。だから生き残った神々は、ほんのちいさな不安の種も見逃せないんだろう」

どこまでも他人事のような言い草だ。伝承を信じるのなら、ラグナロクを引き起こしたのはスコールである。

「だったら俺じゃなくて、おまえを殺せばいいだろ！」

「俺を殺すより、人間であるおまえを殺すほうが簡単だ。ヴィーザルと俺の力はほぼ互角。万が一、刺し違えるようなことがあれば神々にとって大きな損失となる」

「ふ、ふざけんなよ……」

太陽は畳の上に膝をついた。もう怒鳴る気力も残っていない。

「おまえが撒いた種だろ。責任持っておまえがヴィーザルを倒せよ」

「ああ、わかっている。俺に任せろ」

スコールは頷き、こてんとその場で横になった。

「力を使いすぎた。すこし寝る」

見る見るうちに狼の姿に変身する。しかし先ほど太陽を背に乗せていた時に比べると、ずいぶんサイズがちいさいようだ。それでも大型犬をひとまわり大きくしたくらいの体長はあった。

「は？　おい、待てって……！」

宣言した次の瞬間には、スコールは死んだように眠っていた。低く唸り太陽は畳の上であぐらをかく。

自分の家に帰りたかった。だがまたヴィーザルに襲われては堪らないし、そもそもここはどこなのか。

改めて部屋の中を見渡してみる。絵に描いたような六畳一間のボロアパートで、干からびたシンクとその横に二口コンロ、換気扇——他のものは何もなかった。

（この部屋、カーテンもないのかよ）

太陽は窓の外を覗いてみた。もう日付も変わっていて、通行人の姿もない。見える範囲では、住宅街のようだった。

（どこなんだよ、ここ。さすがに終電も終わってるよなあ）

今の財布の中身でタクシーに乗る勇気はない。くそ、と太陽は悪態を吐いた。取り敢えず朝までここで過ごすよりなさそうだ。

視界の端に、規則正しい寝息を立てる狼の姿が入り込んでくる。

「……」

恐る恐る、太陽はスコールのそばに近づいてみる。しばらく躊躇していたが、やがてゆっくり狼に向かって手を伸ばした。

最初は遠慮がちに撫でていたものの、スコールが一向に目を覚まさないので次第に大胆になってゆく。先ほど背中に乗っていた時も思ったが、見た目のわりに手触りは滑らかだ。

思い切って太陽はスコールの毛に顔を埋めた。まるで大きなぬいぐるみに抱きついているようだ。意外にもあまり獣臭さは感じない。やはり普通の狼とは違うのだろうか。

(なんか……眠気が……)

気持ちは昂ぶっているものの、体力のほうは限界が近い。履きっぱなしだった靴を脱ぎ、少しだけ休憩するつもりで太陽はそっと目を閉じた。


朝陽が眩しい。思い切り太陽に照らされて、顔が熱いくらいだ。

昨日はカーテンを閉め忘れただろうか。そんなことを考えながら太陽は寝返りを打とうとした。身体もなんだか強張っていて、一晩床の上で寝たみたいだった。

(――え?)

そこまで思って太陽は一気に覚醒した。そうだ、昨日は自分の家のマンションではなく狼にアパートに連れ込まれたのだった。

今が何時かわからないが、さすがに電車も動いているだろう。そんなことを考えながら太陽は畳の上で身を起こそうとした。

「なんだこれ」

身じろぎできないのは、背後からがっちり抱き締められているせいだ。身体に回された逞しい腕に思わず遠い目をしてしまう。昨夜はもふもふに包まれながら眠った筈なのに、どうしてこうなった。

湿った息がうなじに当たって、くすぐったい。もともと首筋が弱くて、美容院などで他人にシャンプーされるたびゾクゾクしてしまうタチだった。

太陽が必死にもがいていると、拘束する力がますます強くなる。

「おい、いい加減に……！」

肩越しに振り向いて、太陽はうっとことばに詰まる。映画や雑誌の中でしか見たことがないような凄まじい美貌をどアップで目の当たりにしてしまった。はっきり言って心臓に悪い。

（しかも、なんか当たってるし）

何やら相手の熱く滾(たぎ)ったものが尻に押し付けられている。同性とはいえここまで体格差があるとさすがに身の危険を感じた。

（狼にも朝の生理現象ってあるのか）

なんとか身を捩り、スコールの腕の中から抜け出す。目を覚ますかと思ったが、相変わらず死んだように眠ったままだ。

太陽はスマホを取り出して、時間と日付を確認した。今日は金曜日で、一限から四限までびっしり講義を入れている。時刻は五時二十分。朝陽が眩しくていつもよりかなり早く起きてしまったようだ。

ここがどこかにもよるが、今出れば一限に間に合うだろう。

ヴィーザルが現れたことを考えると、呑気に大学へ行ってる場合じゃないのかもしれない。だがスコールは昨日太陽の首に噛み付いて、目くらましの魔術だか何だかを施してくれた。大丈夫だと信じたい。

(起こすと面倒臭そうだし、このまま行くか)

もしも自宅の近所ならシャワーを浴びて服も着替えたい。外に出てここがどこか確かめよう。

太陽はスニーカーを両手に持って、そろそろと畳の上を移動した。デイパックを回収しても、スコールは相変わらず寝息を立てている。気づかれることなく無事部屋から脱出できた。

靴を履き、錆だらけで今にも崩れ落ちそうな階段を慎重に下りてゆく。適当に歩いていると電信柱に住所が記されていた。

「え、嘘だろ」

普段通らない道だから気づかなかったが、スコールのボロアパートは太陽のマンションから歩いて五、六分の距離にあった。

（近！　あの野郎、こんな近くに住んでたのか！　今さらだけど完全にストーカーだな）

引越しを視野に入れつつ、太陽は自宅へと急ぐ。ヴィーザルの襲撃を用心していたが、特に何事もなく辿り着いた。

シャワーを浴びると生き返った心地になる。服を着替え、しばらくぼうっと朝のニュースを眺めた。そろそろ家を出る時間だ。

外へ出ると梅雨入りしたとは思えない日差しに、寝不足の頭がくらりとする。

途中バイト先のコンビニに寄り、おにぎりとミネラルウォーターを購入した。この時間の電車に乗れば、構内で朝食を食べる時間くらいあるだろう。

（眠い）

座ると寝てしまいそうだったので、太陽は敢えて立っていた。通勤ラッシュは終わったとはいえ、電車内はそこそこ人がいる。目的地の三つ前の駅でさらに人が乗り込んできた。ぎゅうぎゅうで身動きできない、というほどでもないがそれなりに他人の身体が密着する。だがしっかり空調が効いているのでそれほど不快感はなかった。

カーブに差し掛かり電車が揺れる。そのときふと、気がついた。

（何？）

尻のあたりでもぞもぞと蠢めくものがある。最初は勘違いかと思った。他人の手がたまたま当たっているだけだ。そう考えているうちに、ぎゅっと尻肉を鷲掴みにされた。

「……いっ」

痛みに涙目になりながら、太陽は不埒な手を払いのけた。このがたいで女性と間違われたのは初めてだ。背後を振り返ると自分の父親と同じくらいの年代の親父が鼻息を荒くしていた。この男が痴漢のようだ。

太陽が睨みつけると、相手は怯むどころかポッと頬を赤らめた。

(なんだこいつ、キモ!)

相手にしていられるか、と太陽は目を逸らし正面を向いた。一応牽制はしておいたので、これ以上手を出されることはないだろう。

そう思って脱力した瞬間、乳首をきゅっと摘み上げられた。

「ひぅ」

自ら漏らした声に、太陽は思い切り赤面した。踵に思い切り体重をかけ、痴漢男の足を踏む。男が痛みに悶絶し、タイミングよく電車が大学の最寄り駅に到着する。転がるようにホームに降り、太陽は乱れた息を整えた。

(び、びびった……)

よろよろと改札口へ向かう。先に到着していた横田がすぐに気付き手を振ってきた。金曜日は一限から同じ講義を取っているので待ち合わせをしているのだ。

さすがに痴漢のことを話す気にはなれず、太陽は力なく手を振り返した。

改札を抜け、大学まで並んで歩いていると横田がじっとこちらを見つめてくる。

「なんだよ」

いやあ、と何故か言い淀む友人に、電車の痴漢のこともあってイラっとする。言えよ、と再度促すと横田は照れ臭そうに口を開いた。

「なんか今日のおまえエロくねえ？　それになんかすげーいい匂いする。それなんて香水だよ？」

「は。香水とかつけてないし。それになんだよエロいって」

それが同性の友人に言うことばだろうか。横田がうーんと首を捻る。

「あ、じゃあさ欲求不満だったりする？」

「欲求不満はおまえのほうだろ」

地を這うような低音で言い返すと、横田はへらりと笑ってみせた。

「別に女顔ってわけじゃないのになあ。おまえがそうやって流し目すると、なんかムラっとくるんだよなあ」

冗談なのか本気なのかさっぱりわからない。スコールとヴィーザルという大きな厄災だけで手が余るのに、これ以上ややこしい事態は勘弁願いたかった。

二限目まで講義が終わり、昼休みに食堂で横田たちと再会する。いつもの面子で昼食を取っていると、里塚がこちらの様子を窺っていることに気がついた。

視線を返すと、里塚がおずおずと口を開く。

「体調悪そうだけど大丈夫か？」

言われてみればなんとなく身体が怠いかもしれない。だがそれは寝不足のせいだろう。

里塚のことばに横田も頷いた。

「あ、ひょっとして風邪引いてる？　顔も赤いし目もなんかウルウルしてるし。朝よりエロくなってるぞ」

「だからエロいってなんだよ。俺は別にエロくない」

「いやあ、相馬はエロいよな？」

きつねうどんを啜りながら横田は周りに同意を求める。数人が頷いたので太陽はちょっとした衝撃を受けた。

高校時代、女子からエロいと言われていたが、まさか男にまで言われてしまうとは。正直に言って心外である。

「まあ、あんまり無理するなよ」

「お、おう」

里塚に気遣われ、友人たちを叱りそびれてしまった。

別に食欲もあるし、頭も喉も痛くない。だが講義がすべて終わる頃、身体が妙に熱っぽいことに気がついた。里塚の言うように風邪を引いただろうか。

講義は四限目まで入れていたが、ラッキーなことに教授の都合で休講となった。

友人から遊びの誘いがＬＩＮＥに入っていたが、丁重にお断りを入れる。今日はバイトもないし、家に帰って早めに休むことにしよう。

朝とは打って変わって空席が多い電車に乗る。

（そういえば、家に食料全然ないな……）

自宅の最寄り駅に到着し、いつも降りる東口ではなく西口から外へ出た。

東口は住宅街に繋がっており、西口はどちらかというと繁華街に近い。とはいえせいぜい居酒屋やスナック、中華料理店と風俗店が二、三軒存在するだけだ。

スーパーで食料と日用品を購入して店を出る。自宅への道すがら、太陽は身体の異常を感じていた。

普通に歩いているだけなのに息が弾む。身体の内側に熱が籠もっているようだ。暑くもないのに、じんわりと肌が汗ばんでくる。

朝の天気予報では今日の最高気温は二十六度。日陰に入れば涼しくて、半袖だと肌寒いくらいだった。それなのに、この火照り具合は尋常じゃない。

(早く、帰ろう)

普段は使わないバスに乗ろうかと思ったが、ちょうど数分前に行ったばかりだった。次のバスが来るまで二十分。ここで待っているより歩いて帰ったほうが早く着く。タクシーに乗りたい誘惑に駆られたが、今月は飲み会があったからすこしでも節約したかった。

仕方なく自宅を目指して歩きだす。そういえば今日はスコールもヴィーザルも見かけず平和だ。もう二度と現れてくれるな、と祈らずにはいられなかった。

大した買い物をしていないのに、背負ったデイパックがずしりと重い。

駅前通りを抜け、いつも通っているコンビニを過ぎ、住宅街に差し掛かった。十字路で太陽はつい立ち止まる。

スコールのアパートに向かうなら信号を渡って右だ。ヴィーザルのことや今後のことなど聞きたいことは色々あった。

(わざわざ自分から首突っ込むのもなあ)

ヴィーザルが太陽を狙うのは、スコールのせいだという。ならばヴィーザルのことはスコールに任せておけばいい。太陽はもう十分以上に巻き込まれているのだ。

（自分ん家に帰ろう）

そう思い、太陽は自宅へ足を向けた。そしてマンションまであと五分という距離までやってきたとき、強烈な眩暈に襲われた。

「あ、あれ……？」

足元が覚束ず、太陽は電柱に凭れかかった。そのままずるずるとしゃがみこんでしまう。

（やべー、足に力が入んねえ）

呼吸が苦しい。目の前がチカチカする。救急車を呼んだほうがいいかもしれない。スマホを取り出そうとしたが、指が震えて役に立たなかった。

「あ、誰か……」

通行人に助けを求めようとしたが、運悪く誰も通り掛からない。地面にへたり込んだまどれくらいの時間が経ったのか、ふいに頭上から声が降ってきた。

「あれ、こいつってこの前のコンビニ店員じゃね？」

「おっ、マジだ」

ぼやける視界で太陽は必死に瞬いた。顔はよくわからなかったが、若い男が四人ほどこちらを覗き込んでいた。

（コンビニの客か？）

助けて、と言いかける太陽の顎を掴み、ぐっと持ち上げられる。指に沁みついているのか煙草(たばこ)の匂いが微かにした。

「こいつ、なんかラリってねーか。昨日は女の前であーんなにカッコつけてたくせに、だらしないっすねお兄さん」

男のことばに、太陽はハッとした。こいつらはコンビニの前で女性をさらおうとしていた男たちだ。自分は因縁(いんねん)をつけられているらしい。内心面倒なことになったとほぞを噛む。

「なあこいつ、ハアハア言っててすげえエロいんスけど」

「おまえ男もイケたの？　俺はどん引きだよ」

「いやあ、そんなわけないんだけどさ。こいつなんかスゲーいい匂いするんだもん」

男のひとりが耳の下に顔を近づけ、ひとりがスンスンと鼻を鳴らし始めた。最初の男に誘われたかのように男たちが群がってくる。

汗ばむ肌の匂いをまともに嗅がれ、羞恥(しゅうち)に身が竦んだ。

「や、め……ッ」

「おほっ、なんだこれ超いい匂い。確かになんかエロいな～」

「だろ、だろ？」

次第に視界がぼやけてきた。意識はしっかりあるのに、身体が自由にならない。耳鳴りがすごくて男たちの会話が断片的に耳に届く。

「車……連れ……ったら捨て……」

ごそごそ、と身体をまさぐられていたかと思うと、両脇を男たちに支えられ無理やり立たされた。路地のほうに向かっていることに気がついて絶望的な気持ちになる。どう考えても殴られるだけではすまされない雰囲気だ。

ぴちゃ、と濡れた音がして、耳の中に舌を突っ込まれたのだと知らされた。Ｔシャツを捲られ、腹や腰骨や胸を撫で回される。

「ひっ。や、ぁ」

「声、やらしー。勃ちすぎて痛いんだけど」

乳首をしつこくこねまわされて、涙があふれてくる。嫌悪感で叫び出したいくらいなのに、膝が笑うほど気持ちが良かった。何も考えずペニスを扱いて出せたらいいのに。そんな頭が茹だったことを考える。

「もう無理。取り敢えず一回突っ込ませて貰うわ」

仲間のひとりが言ったことばに、残りの男たちが笑う。車のロックを解除する音が聞こえ、太陽は両目を瞬いた。どこかの青空駐車場らしく、五台の車が停まっていた。

一番奥に停めてあった中古のベンツの前まで引きずられる。

そこで後部座席に上半身を預ける形で押し込まれた。フェイクファーの敷物が頬を受け止める。外にはみ出た下半身から、ジーンズと下着を剥ぎ取られた。

この期に及んで太陽は抵抗らしい抵抗もできずにいた。己の身に何が起きているのか、これから何が起きようとしているのか、よくわからなかったのだ。

乱暴に尻を揉まれ、生ぬるい液体を尾てい骨に垂らされる。驚いて振り向くと、男が涎を垂らしているところだった。屹立した陰茎がショッキングピンクのコンドームに包まれているのを見て、太陽は狼狽え逃げようとした。

「嘘だろ、止めろ！」

前髪を掴まれ横顔を二度平手打ちされる。打たれた頬は痛いというより熱く、ジンと痺れた。暴れる気力を失って恐怖と屈辱に声を殺して泣いていると、腰骨を捕まれ尻を高く掲げられた。

「あ、っ」

最奥に雄の昂りを押し付けながら男が嘲笑う。剥き出しのペニスをピンと指で弾かれた。

「ひぅ」

「やだやだって、チンコの先っちょ濡らしながら言ったって説得力ねーし」

窄まりに先端を擦り、男はその感触を味わっているようだった。背後から覗いていた男が上擦った声で言う。

「おい早く出して代わってくれよ。人来ちまうだろ」

まあまあ、と仲間をいなしながら太陽に覆いかぶさっている男が笑う。

「俺、男初めてどころかケツの穴使うの初めてだわ」

もう我慢できなかった。殴られるのを覚悟で太陽は助けて、と叫んだ。さらに声を上げようとしたが、汗でぬるつく掌に口を塞がれる。

（嫌だ、嫌だ。こんなの、嘘だ）

今、この瞬間さえ信じられなかった。女の子とだって数えるくらいしかセックスをしたことがないのに、こんな場所で名前も知らない男たちに自分は犯されてしまうのか。

助けてくれ、と胸のなかで太陽が祈った瞬間だった。

のしかかる男の身体が軽くなる。口も自由になり、太陽は後部座席の奥へと逃げ込んだ。慌てて扉を閉じるのと同時に、「ぐえ」と蛙（かえる）が潰れたような声が車外から聞こえた。

怯えながら太陽が車窓から外を窺うと、長身で銀髪の青年が男たちを殴っているところだった。

「スコール!?」

見間違いようのない姿に、太陽は車のドアを開けた。地面に落ちていたジーンズと下着を拾う。その頃には男たちは全員地面に転がっていた。

「スコール、どうして」

いつ太陽のピンチを知ったのか。どうやってここがわかったのか。訊ねようとしたのに、スコールがこちらを見ただけで、太陽は腰を抜かしてしまった。

「へ、あ、なに……」

下半身剥き出しのまま、スコールに横抱きにされる。鼻腔をくすぐる甘い香りに脳みそが痺れた。

「ふぁ」

頭がふわふわする。口の端から涎があふれたが、飲み込むことさえできない。誰にも触れられていないのに、勃起した陰茎がぴくんとおののいた。

駄目だと思うのに、スコールの匂いを嗅ぐのが止められない。麻薬を使ったことなどなかったが、今の自分は似たような状態なのではないか。

頭がおかしくなりそうないい匂いだ。脳みそが蕩けて耳から流れてしまいそうだと思う。スコールの逞しい腕の中で太陽はくたりと脱力した。もうどうにでもして欲しい。

「巣に戻るぞ」

低い声が鼓膜に響く。それだけで達してしまいそうになって愕然とした。

スコールが宙にRに似た文字を指で描くと、それは青く発光し次の刹那(せつな)太陽たちはあのボロアパートの一室に移動していた。

強すぎる西日に太陽は目を眇(すが)める。これから自分がどうなるのか、この六畳一間で何をされるのか太陽はもう知っていた。だが逃げたいと思わない。

優しく畳の上に身を横たえられたあと、獣のように這わされた。秘部をすべて晒されて、太陽はこくっと喉を鳴らす。陰茎が張り詰めすぎて、下腹部が鈍く痛いほどだ。

だがスコールは憐れにおののく屹立には目もくれず、尻の奥に舌を伸ばした。

「ひ、やっ、あああ」

ぬめったものがぬるぬると蠢めくたび、太陽は背をぎくんぎくんと強張らせた。

何度も執拗に嬲(なぶ)られているうちに、ソコがだらしなく緩んでくる。そうしてすっかり綻んだ秘孔に、尖らせた舌先が容赦なくねじ込まれた。

「あーっ、あ、あ」

そんな場所を誰かに舐められるなんて、想像したことさえなかった。崩れた肘では体重を支えきれず、畳に額を押し付ける。尻だけ高く掲げたなんとも惨めな格好に、太陽は低く呻いた。

汚辱感に涙があふれてくる。だが嫌だと思えば思うほど頭が煮え滾るくらい感じてしまうのだ。にゅくにゅくと舌を出し入れされるたび、陰茎の先からぴゅっと淫液が吹き出してくる。

「もっ、やぁ」

泣き声は自分の耳にさえ甘く響いた。

ぱさぱさと、太陽の顔の横に一枚ずつ脱ぎ捨てられた衣服が落ちてきた。スコールが身につけていたものだ。それが何を意味するのか考えるまでもなかった。

肩を掴まれ仰向けにされる。己に覆いかぶさってくるスコールを太陽は呆然と眺めた。

「――――!」

正面から貫かれる。何の断りもなくスコールが押し入ってきた。

入り口が痛みで引き攣れ、その瞬間だけ太陽は正気に戻った。結合部が視界に飛び込んでくる。きゅっと引き締まっていた窄まりは、皺ひとつないほど広げられ、ゆっくりとペニスを飲み込んでゆく。

まるで女のように足を開き、太陽は男に犯されていた。

「あ、嘘、うそ、ひ……ッ」

　スコールが進むたび、ぷちゅぷちゅと何かが潰れるような音が漏れる。尻の穴は女の膣とは違う。その筈なのに、そこはしとどに濡れそぼっていた。

（なんで俺、濡れて……？）

隘路を強引に開かれて、太陽はあっと鋭い声を上げた。

　この男はいったいどこまで自分の中に入ってくるつもりなのか。もうこれでおしまいだと思ったところから、さらに奥まで侵入してくる。

　圧迫感に嘔吐きかけたところでようやくスコールの腰が止まった。咄嗟に逃れようとしたが、もがくこともできなかった。せめてもと、必死に顔を背ける。

「ス、コル」

　名を呼ぶ声は縋り付くようだった。返事をする代わりにスコールが太陽の肩を甘噛みする。反射的に己を穿つ剛直を締めつけていた。

「あー！」

　脳天に電撃が走る。目の前がチカチカ点滅した。自分の身に、何が起きているのだろう。

「あっ、ああ、んぅ」

　尻を激しくわななかせながら、太陽は陰茎に触れずに達していた。指で扱いていないせいで、精液はとろとろと少しずつしか出てこない。射精の快感が長く引き伸ばされ、身も世もなく太陽は喘いだ。

彼女としたセックスなんて比較にもならなかった。

激しい絶頂の波が引いたあとも、快感の余韻が残っている。太陽は震える息を吐き出した。

ずるり、と突然陰茎が引き抜かれ、太陽は「ひン」と情けない声を上げた。異物が出ていき脱力していた身体を裏返される。

強い力で腰を掴まれ、絶望に目の前が暗くなった。もう嫌だ、許してくれと乞う前に、ふたたび剛直に貫かれ、激しいピストンが始まる。

「やあ、や、あああ」

ぱちゅぱちゅと、聞くに堪えない下品な水音が響く。そこへ肌を打つ音が混ざって部屋中に響き渡るようだった。

上り詰めたところからずっと下りて来られない。それどころか、さらに高みへと追いやられた。

気がつけばスコールの抽挿に合わせ、自らも尻を振りたくっていた。脳みそがふやけそうなくらい気持ちがいい。

「あ、ん、あっ、あ」

自分が出しているとは思えない、甘ったれた声が漏れる。ひと際深く穿たれて、太陽はふたたび射精した。

上半身にまとったTシャツは汗でぴったりと肌に張り付き、尖りきった乳首が生地に擦れるのさえ感じた。

「ソル」

掠れた声でスコールが呼ぶ。自分の名前じゃないのに、全身の毛がそそけだった。

「あああ!?」

両目を見開き硬直する。うなじに噛みつかれ、媚肉が狂ったようにざわめいて、スコールの雄身にむしゃぶりついた。太く大きいものを、まざまざと意識させられる。

「も、おっきく、すんなよぉ」

つらくて苦しくて、太陽は啜り泣いた。奥まで抉られて吐きそうなほど苦しいのに、死ぬほど感じてしまう自分が嫌だ。

「あーっ」

うなじを解放され、ほっとする暇もなく顎を掴まれる。無理やり顔を振り向かされ、唇を奪われた。互いの舌が絡み合う。相手の舌を押しのけようとしているのか、口づけに応えているのか自身にさえもうわからなかった。

「んっ、む、んぅ」

スコールの全身が大きくわなないた。奥を濡らされる感触に背筋がゾクゾクする。昂りが太陽の中で急速に萎んでゆくのを感じた。スコールも達したらしい。

（俺だってまだ一回もしたことないのに……。まさか自分が中出しされるなんて……っ）

男の矜持（きょうじ）が音を立てて崩れるような気がする。陰茎を挿入された時点で、堕ちるところまで堕とされたと思っていた。だがさらに堕ちる場所があったのだと思い知る。

目尻からぽろり、と涙がこぼれ落ちた。

「ふ、っ……」

だが嵐は終わった。これで解放されるだろう。絶頂を迎えたあともずっと感じていた身体の疼きも、今はかなり落ち着いている。

なにより頭では激しく拒みながらも、スコールに種付けされて身体とこころは多幸感でいっぱいだった。その時ふいに異変が起こった。

「えっ」

太陽は呆然と瞬いた。これで終わり、そんな太陽の思惑を裏切って、まだ奥に埋められているスコールの根元が、急激に膨らみ始めたのだ。

「なに……っや！」

ぐいっと半身を起こされて、中を穿つ角度が変わる。胡座(あぐら)をかいたスコールを跨ぐ格好で太陽は深々と貫かれた。

「くぅ、うーっ」

信じられないことに、スコールの吐精は終わっていなかった。

そういえば犬の射精は吐き出す時間に比例して量も多いと聞いたことがある。性器の根元が膨らむのは、固定して妊娠を確実にするためで――狼も同じイヌ科の獣なのだ。

ただでさえ大きいペニスを挿入されて圧迫感が凄いのに、これ以上耐えられるとは思えなかった。

半泣きの太陽をあやすように、スコールが頬と言わず耳と言わず軽い口づけを落としてくる。優しく顎を掴まれ、甘い声で命じられた。

「口を開け」

太陽は必死にかぶりを振った。だが許されずふたたび「開け」と命じられる。傲慢な態度に腹が立つどころか、腹の奥がぞくんっとわななないた。

（逆らえない）

太陽は唇を震わせた。それは最後の悪あがきでしかなく、口を開いてしまう。乾いた指に濡れた唇を撫でられる。

目を閉じるまでもなくキスをされて、そのまま唾液を流し込まれた。

「ふっ、う、んんー」

抗うことはできなかった。こくこくと喉を鳴らして男の体液を飲みくだす。

口づけが深くなり、熱い舌がねっとり絡んでくる。夢中で応えながら、太陽はぶるりと背を震わせた。

上からも下からもたっぷり注がれて、全身がスコールに侵されてゆく。まるで細胞ひとつひとつに沁み込んでゆくようだった。

やがてスコールの唇が離れ、飲みきれなかった唾液が唇を濡らす。それを指で口内へ押し戻され、無意識のうちに太陽は男の太い指にむしゃぶりついていた。

「おねがい、もう、ださないで」

切なく訴える太陽の下腹を、スコールがゆっくりと撫で下ろす。駄目だと言う前に指は陰嚢を掴み、その奥の結合部をなぞった。

「は、んぅ」

「ここに、すべて出すまでの辛抱だ。辛いだろうが耐えて貰うしかない」

気を逸らそうとするように、スコールは太陽の乳首を指で摘んだ。ビリビリと後頭部に電流が走る。あ、あと短く喘いでいると、皮膚が伸びるほど乳首をきゅうと摘まれた。

「駄目、だめえ、ちくび、とれちゃうよぉ」

普段なら絶対しない言葉遣いだ。どこかで箍が外れてしまったらしい。スコールはうなじに舌を這わせながら囁いた。

「気持ちがいいのだろう？　中が大きくうねっている」

もっとしてやる。そう言ってスコールは太陽の胸の突起がめりこむほど押しつぶした。目の前に火花が散る。射精していないのに、陰茎はそのちいさな口をパクパクと開閉させた。

そこから覗き見える赤く爛れた粘膜は愛液でしとどに濡れていて、自分の目から見ても卑猥だった。気が付いたスコールが、トントンと指の腹でノックする。

「あ？　あ？　あっ」

ぷしっと音がして、そこからサラサラとした透明な液体が噴き出した。尿にしては色も匂いも薄い。

以前悪友たちと猥談で盛り上がった時、男でも潮を吹くのだと話題になったことがあった。皆半信半疑だったし、笑っている奴だっていた。それが、まさか我が身に起こるとは――。

ショックと混乱で太陽はこどものように声を上げて泣き出してしまった。

「泣くほど悦(い)いのか」

スコールのことばに侮蔑(ぶべつ)の響きはなく、むしろ感心した様子でさえあった。

見当違いだと言えたらよかったのに。ことばにならず太陽はきつく唇を噛み締めた。必死にかぶりを振ると、乳首を優しく転がされ耳朶(じだ)に軽く歯を立てられる。

どこもかしこも蕩けそうなくらい気持ちがよかった。

どれだけ時間が経過したのか、ようやくスコールが腰を退く。ふたたび畳に寝かされたが、太陽は指一本動かせなかった。尻穴だけが、まるで独立した生き物のようにひくんひくんと蠢いている。

泣きすぎて瞼が腫れぼったいし頭も痛かった。だが意外なほど気持ちはすっきりしていて、先ほどまでの火照りも嘘のように退いている。

太陽の髪を撫でながらスコールが「落ち着いたか？」と訊いてきた。

「う、ん……」

太陽がぎこちなく頷くとスコールは太陽の腕を取り、自分の胸を背凭れにするように抱き起こしてくれた。完全に恋人のような態度だ。やめろと突っぱねるにはあまりにも体力を消耗しきっている。

太陽はこてん、と後頭部をスコールの肩に乗せた。

「ヴィーザルの目を逃れるため、俺はおまえを我が一族に迎えた。……具体的に言うと、おまえを俺の番にした」

「つがい……？　番って、あの動物とかの、番？」

そうだ、とスコールが肯定する。

「ヴィーザルの目を逃れることができるようになったが、ひとつだけ問題が起きた。人間の身に、俺の力は強すぎたらしい。おまえが発情期になったのもそのせいだ」

「は、発情って……」

顔面がかーっと熱くなる。だがスコールは気づいていないようだ。

「おまえは雄を誘う匂いを全身から撒き散らしていた。程度の差こそあれ、雄なら誰でもそそられただろう。この部屋にいても、おまえの匂いに気づいたほどだ」

「じゃあ、電車で痴漢されたのも、あの野郎どもに襲われかけたのも、全部おまえの仕業かよ！」

「そういうことになるな」

「そういうことになるな、じゃねーよ！」

人外だから仕方がないのかもしれないが、悪びれないスコールの態度が死ぬほど癪にさわる。太陽を地獄に突き落とすようなことばを、容易く発するのだ。

「おまえは俺の番になった。男だが子を孕むこともできる」

ははは、と短い笑いが漏れる。嘘だと否定するには、太陽はスコールやヴィーザルの異能を目の当たりにしすぎていた。子を孕む、つまり男の身で妊娠するかもしれないということだ。

「発情を抑えるには腹に精液を注ぐしかない。いくら体液を飲んでも、発情期を緩和させるだけで失くなりはしない」

「ふっ、ふざけんな、ふざけんな、ふざけんな！」

男と寝ただけでも衝撃なのに、こどもを産むなんて冗談じゃなかった。どうして自分がこんな目に遭わなければならないのか。いくらなんでも理不尽すぎる。せめてこの怒りを元凶にぶつけなければ気が済まない。太陽はスコールの頬を拳で殴った。

「なんなんだよ、おまえ！　いきなり俺の前に現れて全部めちゃくちゃにしやがって……！」

腹の立つことに、スコールはよろめくどころか眉を寄せることさえしなかった。虚しくなって拳を下ろす。怒りが萎むと次に猛烈な不安がこみ上げてきた。さっきスコールによって腹が苦しくなるほど注がれたものがどうなったか――。

「今回の発情期は、俺の力を受け止めきれず暴走した結果起こったものだ。俺の力も馴染まないのに、その身が子を宿すことはあり得ない」

太陽は安堵のあまりへたりこみそうになった。スコールのことばを信じるのならば、取り敢えず今すぐ妊娠することはないらしい。

正直自分をここまで追い詰めている本人のことばを疑いもしないのはどうかと思う。だが初めて会った時から、この男はきっと嘘だけはつかないと思っていたのだ。この瞬間でさえも。

我ながらアホではないかと思う。太陽は言った。

「〝今〟は妊娠しなくても、そのうちするかもしれないってことだろ」

「ああ、そうだ。しかし、そうなる前に俺は必ずヴィーザルを倒す。その時には番も解消してやろう」

「マジかよ、ああああ……よかったああ！」

素直に喜んだあと、急に太陽は不安になった。スコールの執着は本物だ。太陽本人というより、女神ソルに対してのものではあるが、その執着は今や太陽へと向いている。

そう簡単に番を解消するだろうか。何かとんでもない見返りを求められそうで怖い。

「番を解消して、おまえはどうすんだよ」

「どうもしないが……？」

きょとんとした様子でスコールが首を傾げる。自分より大きな男で、しかもその本性は獣である。それを知っているのになんだか妙に可愛らしい。

んん、太陽は思わず咳払いした。

（別に誤魔化しているわけじゃなさそうだが……）

番を解消して、彼に不都合はないのだろうか。納得できなくて太陽は訊かずにはいられなかった。

「おまえの望みって、いったいなんなんだよ」

「俺の、望み」

まるでことばを反芻するように、スコールは口の中で呟いた。彼は真っ直ぐ太陽を見た。迷うことなく答える。

「俺の望みはおまえがこの世界に存在することだ。おまえの存在を感じ、目にすること、それだけが俺の望みだ」

雲で日が陰ったせいか、部屋の中が暗くなる。こちらを見つめる白銀の瞳が、仄かに青く輝いていた。光が網膜に反射しているのだろう。それは夜に狩りをする獣の特性で、改めて今目の前にいる男が人間ではないのだと実感する。

（綺麗で、怖い）

怖いのに、目を奪われる。白銀の髪に、完璧な造作の目鼻立ち、神秘的な瞳の色。獣というよりも神に近い生き物に見えた。

ついさっきまでこの男と肌を重ねていたのが信じ難いほどだった。

己の痴態を思い出し、太陽は気まずく目を逸らす。

「なんだそりゃ。じゃあ、俺が他の女……っつーかおまえ以外の誰かと結ばれてもいいってことか」

「ああ、かまわない」

スコールが事もなげに頷くので、太陽は笑ってしまった。ひょっとして自分は馬鹿にされているのだろうか。

なんだか身体さえ手に入ったら他はどうでもいいと言われたみたいだ。徒(いたず)らに貞操を奪われた気がしてこころがささくれ立つ。

苛立ちのまま太陽は、スコールの腹に肘を打ち込んだ。だが固い腹筋で阻まれてしまい、相手はノーダメージである。

むきになった太陽は、立ち上がりスコールの胸ぐらを掴んだ。殴ってやろうとしたその時だった。

「やっ、あっ、あ」

惨めな破裂音とともに、肛孔から大量の精液がこぼれ落ちる。情けない声を漏らし、太陽は畳にうずくまった。

死にそうなのは、精液を漏らしたせいではない。いやそれも理由のひとつだったが、それ以上に太陽を打ちのめしたのは、今の衝撃で軽く達してしまったことだった。

濡れた尻も剥き出しのまま、太陽は思わず両手で顔を覆う。初めて男に抱かれたというのに、自分でもドン引きするほどの乱れようだ。

「最悪だあ……」

力なく呟いていると、ふと尻のあたりに違和感を覚える。あれだけ出しておきながら、もう復活しているなんて信じたくなかった。

だが今は現実逃避をしている場合じゃない。太陽は畳の上を這いずった。

「待て、ちょっと待て。まさかそれ、また使う気じゃないよな……なっ？」

凶器、としかいいようのない禍々しいものを股間に聳えさせながら、スコールは涼しい顔で告げた。

「せっかく注いだのに、おまえがこぼしてしまったからな。やり直しだ」

「……や……」

「俺の力をおまえの身体に馴染ませるにはこの方法しかない」

腰を掴まれ、強引に引き寄せられた。そのまま無慈悲にスコールが入ってくる。

「あっ、ぁ」

充溢感に激しく尻をわななかせ、太陽は喘いだ。二度目のまぐわいとあって、スコールにも余裕があるのか、先ほどよりゆっくり陰茎を抜き挿しされる。

「やっ、無理、無理、もぉ無理だからああ」

太陽は何もしていないのに、スコールが腰を退くと媚肉が剛直にからみつき勝手に引き止めようとする。本来は排泄器官でしかない筈なのに、自分の身体はいつからこんな浅ましく変わってしまったのか。これでは完全に性器だ。

「ひ、う、ああ！」

指を伸ばし爪を立て、畳を毟る。一度目でも信じられないくらい悦かったのに、二度目はいったいどうなってしまうのか。

陽はとっくに落ちていて、部屋には闇が迫っていた。

そんなことさえ気づけぬまま、太陽はひたすら悦楽を貪った。

# Ⅲ

香ばしい匂いで目が醒める。

今は何時だろうか。カーテンのない窓から暗い空を見上げたが、まだ日の出前なのかそれとも曇天（どんてん）のせいなのかわからない。

半身を起こすと、身体の上にかけられていたらしいTシャツが畳の上にハラリと落ちた。

（スコールが……かけてくれたんだよな）

部屋の中を見回すまでもなく、コンロの前に上半身裸で立っているスコールの姿があった。じゅうじゅうと何かを焼いているらしき音と、香ばしい匂いが漂ってくる。どうやら料理をしているらしかった。

（伝説の魔狼って、何を食うんだ）

太陽が声をかけるより先に、スコールはこちらを振り向いた。

「腹が減っているだろう」

スコールのことばで猛烈に腹が減っていることに気がついた。次いでじわじわと自己嫌悪が込み上げてくる。

金曜日の夕方から昨夜の夜更けまで、スコールと狂ったようにまぐわった。信じたくないが今日はなんと月曜日だ。

スコールが魔狼で、その彼の精を受けとめ続けていたせいなのか、喉の渇きも空腹も今の今まで一切感じることがなかった。

「通常の発情期であれば一度交尾をすれば落ち着く。だがおまえは人間だ」

太陽をゆったり揺さぶりながらスコールは言った。

人間の身体では魔狼であるスコールの強すぎる力を受け止めることができず、一度まぐわった程度では足りないらしい。

冗談ではなく、ヴィーザルに殺されるより先にスコールに犯り殺されそうだ。

(壊されなくてよかった、マジで……)

今のところ腰も尻も辛うじて無事だ。ただ完全に無傷とは言えない状態で、全身どこもかしこもじんわりと怠い。

太陽が答える前にスコールが料理を盛った紙皿を運んでくる。シンクの下にビニール袋が置いてあるところを見ると、太陽が寝ているあいだに調達したようだ。

「食っていい」

「あ、ありがとう」

自分の声に違和感があって、太陽は何度か咳払いをした。ひっきりなしに声を出していたせいで、喉を軽く痛めたらしい。頭を抱えたくなるのは何度目だろう。

紙皿の上には焼いた肉が載せられていた。付け合わせなど気の利いたものはなく、本当に肉の塊だけを渡されたのだ。

「……これは、おまえがどっかの山奥で狩ってきた鹿とか猪とか、そういう？」

「いや近くのスーパーで買った牛肉だ。そういうのがよければ今度……」

「ちょ、違……俺は牛のほうが好きだから！」

あらぬ誤解を受けそうだったので太陽は素早く否定した。放っておいたらそこらの山で猪を狩ってきそうだ。

ナイフとフォークどころか箸もないわけだが、狼にそこまで望むのは酷だろう。そう思い素手で肉を掴みそのまま齧りついた。

すっと目の前に箸を差し出される。スコールと目が合って、太陽は軽く咳払いをした。無言で箸を受け取ったものの、肉が分厚すぎて箸で掴むのに手間取った。

「これ、ちなみにどんな味付けをしたんだ」

太陽が訊ねるとスコールは数秒ほど無言になった。

正直焼き加減は悪くない。表面は香ばしく中は肉汁がたっぷりだ。しかし如何せん味がしなかった。肉の味オンリーである。

「味付け……そうか、失念していた」

「まあ、狼だもんな」

そもそもこの部屋に調味料があるように思えない。

それでも太陽のためにスーパーで買い物をして、頑張って調理してくれたのだ。きっと悪い奴、というか悪い狼ではないのだろう。

いくら限界まで腹が減っているとはいえ、朝から味つけ一切なしの肉の塊を食すのはきつい。

「ありがとう、腹いっぱいになった」

三分の一も食べられなかったが、礼を言うとスコールは頷いた。ほとんど表情は変わらないが、なんとなく誇らしげに見える。気のせいだろうか。

「人間(おまえ)は少食なんだな」

そう言いながらスコールは美味そうに肉塊に食いついた。太陽には箸を渡してくれたくせに自分は素手で丸齧りだ。

それなのに下品に見えないのは彼の貴族然とした容姿のせいかもしれない。顎や指、手首にまで肉汁を滴らせて貪り食っているのに、ひどく官能的だった。

（あんまり見ているとよくないな）

下着を手に取り身につける。身体中どこもかしこもべたつくが、生憎とこの部屋にはティッシュもタオルも存在しない。

「何をしている？」

食事を終えたスコールが、こちらを眺めていた。

「家に帰って風呂入って服着替えるんだよ。この部屋は風呂なしだからな」

せっかく答えたのに頷きもせずスコールは無言で衣服を身につけた。

「そっちはヴィーザルのことを探しに行くのか？」

太陽が訊ねるとスコールはいや、と否定した。

「おまえについて行く」

「……」

このまま走って逃げ切れるだろうか。絶対に無理であることを承知の上でそんなことを考えてみる。軽い現実逃避だ。

「ついて行くって……どこまで」

「これからおまえは家で着替え、大学へ行き、それからバイトに行くんだろう。それにすべてついて行く」

「バッ、だっ、なっ……！」

焦りすぎてことばにならない。それなのに何故かスコールは解読した。

「今のは『馬鹿、駄目だ、なんで？』と言ったのか。俺がおまえについて行く理由は、俺との交尾で現在は落ち着いているが、また発情の発作が起きる可能性があるからだ。発情を抑えるには番の精を注ぐのが一番手っ取り早いからな」

スコールのあからさますぎることばに、下腹がきゅうと反応する。赤くなった顔を咄嗟に背けると、スコールの指が伸びてきた。

頬を両手で包まれて、おもてを上げさせられる。唇が重なり、舌がすぐに入ってきた。

（甘い……）

スコールの唾液は甘露のようだった。夢中になって飲み干すと、やがて唇が解放される。くたりとスコールの胸に凭れると、髪を撫でるついでに耳とうなじをくすぐられた。

「……っ」

数秒後、我に返った太陽が慌ててスコールから身を離す。照れ隠しに太陽はぶっきらぼうに呟いた。

「い、いきなり何すんだよ」

「おまえが発情した顔をしたから、俺の体液を渡した。まだ足りなければ精を注いでやる」

そんなことを真顔で告げられて、太陽はわなわなと唇を震わせた。

「ふ、ふざけんな！　今は発情なんかしてないっつの！」

心底不思議そうな顔でスコールが訊いてくる。

「何故、おまえは怒っているんだ？」

「俺のこと、淫乱みたいに言うからだろ」

太陽のことばにスコールは困惑した様子で答えた。

「淫乱……交尾で乱れることの何が悪い？」

決してこちらをからっているのではない。どうやら本当にわからないらしかった。

「何がって……俺はその、男だし……感じすぎるのは、はしたないっつーか……」

「交尾で悦くなるのは当然のことだ。何故それを恥じるのか、俺にはわからない」

よく考えてみなくともスコールは魔狼だ。見た目は人間そのものだったとしても、その精神性や本質はあきらかにヒトとは異質である。

（そうだよ……こいつって伝説の魔狼なんだよな）

スコールが窓の外を眺めている。今にも雨が降りそうな曇天だ。人がもやもやしているのに呑気に空なんて眺めやがって。舌打ちする太陽にスコールは言った。

「ところで、大学へ行かなくてもいいのか。月曜日のこの時間、いつもなら出かける支度をしている頃合いだが」

スマホを確認しようとして、充電が切れていることに気づく。

「家！　家に帰るぞ！」

口に出したあと、太陽はハッとする。もうスコールを自宅へ連れていくことを前提で話していた。番の効果なのか、爛れた行為の成果なのかは知りたくない。

スコールに至っては、一緒に行って当然だと思っているようだ。

とにかく遅刻するのは避けたい。玄関へ向かう太陽に、スコールは「靴は履かなくていい。持て」と言った。駐車場からこの部屋に帰ってきたように、魔法で移動するのだろうか。確かにあれなら一瞬で移動できる。

太陽は言われたとおり自分の靴を手に持った。スコールは狼の姿になると、畳の上に身を伏せた。

「え？　乗れってこと？」

横抱きにするよりこちらのほうが楽なのかもしれない。部屋の隅に転がっていたデイパックを拾い、太陽はスコールの背に乗った。正直ちょっとワクワクしてしまうことは否めない。大きな動物の背に乗ってあちこち旅するのは、こどもの頃からの夢だった。

ふと、アパートの窓が全開になっていることに気がついた。まさか、あそこから外へ出るつもりか。

てっきり太陽は魔法で移動するのだとばかり思っていた。

「あ、ちょっと、待っ……」

悲しいことに最近の悪い予感は、ほぼ百発百中の的中率を誇るのだ。

スコールは太陽を背に乗せて、窓から外へ飛び出した。

「……ッ！」

思い切り叫びそうになったが、どうにか堪えた。狼の姿になったスコールは、建物の屋根から屋根へ凄まじいスピードで駆け抜ける。

ヴィーザルの前から逃げ出したときは興奮していたせいで気づかなかった。こうして高所を猛スピードで、しかも生身で移動するのは、なかなかにスリルがある。スコールのアパートから太陽のマンションまで数十秒のことだったが、太陽は存分に恐怖を味わった。

「さあ、ついたぞ」

気がつけば自室のベランダに人型のスコールとふたりで立っていた。鍵がかかっている、と言う前にスコールが魔法を使って窓のロックを外す。

「……入りたいなら靴を脱げよ」

スコールに言って太陽はまっすぐ浴室を目指した。歩くとちょっと膝がガクガクした。

洗面所のコンセントでスマホを充電しつつシャワーを浴びる。汚れきった身体を洗うと、まさにこの世の極楽だと思った。シャワーから上がって、服を着る。いつものように髪をセットしている余裕はない。

スマホが復活すると横田や里塚たちから体調を気遣うＬＩＮＥが入っていた。未読無視してしまった形だが、具合が悪かったと会ってから謝ろう。

デイパックの中身を整理し、部屋の真ん中でぼうっと突っ立っているスコールに声をかけた。

「スコール、行くぞ。ちゃんと靴は脱いでいる。……電車でな」

「ああ。わかった」

素直に頷きスコールが玄関へやってくる。靴を履いているあいだ扉を開けて待っていてやると、ふいにスコールがこちらに指を伸ばしてきた。

「なん」

髪をそっとかきあげられる。そのまま唇に口づけられ、舌が入ってきた。

「んっ、んー！」

相手の胸を押しのける。すぐに離してくれたが、スコールはいかにも不満げだった。

「発情していたから……」

「わー、ばかっ。黙れ、この」

　スコールの相手をしていると、語彙力の低下が著しい。スコールの口を両手で塞ぎ、太陽は肩で息をした。もしこのマンションで男とキスをしているところをご近所さんに見られると、非常にまずい。

「おまえ、大学で今みたいな真似絶対にするなよ！　俺がその……発情してるっぽかったら、人に見られないところで、えー……あの……キス？　しろよ」

　言っているうちにだんだん語尾がちいさくなる。それでもスコールは理解したらしく、ああと頷いた。

「人に見られたらまずいんだな」

「そうだって言ってるだろ」

　一緒にエレベーターに乗り、マンションのエントランスに向かう。いつか恋人ができたら、週末を自分の部屋で過ごし月曜日には一緒に大学へ向かう。そんな同伴出勤を夢見ていたが、まさかその相手が男、しかも伝説の魔狼になるなんて。一月前の自分に言ったら笑いすぎて噎せるだろう。

（やっぱりTシャツとジーンズは避けてきてよかった）

　スコールと並んで電車に揺られながら太陽は心底思った。

この男と似たような格好だと絶対に悲惨な有様になると踏んだのだ。だから今日は黒のインナーに半袖の白いシャツを羽織り、カーキのカーゴパンツを穿いてきた。

駅までの道のりでもスコールは道行く人々の視線を集めまくっていた。地元の商店街がランウェイに変わるかと思ったほどだ。太陽はデイパックからサングラスを取り出しスコールに渡した。

「これ、かけてろ」

特に異を唱えることもなく、スコールはサングラスを受け取った。張り切って購入したものの、自分の柄ではないような気がして仕舞い込んでいたものだ。素直にサングラスをかけるスコールを見て太陽は思った。

(あ、失敗したかも)

サングラスをかけさせれば、この無駄に整ったスコールの顔を隠せると踏んだのだ。しかし暗いレンズで目元が隠されているため、完璧に整った鼻筋と洗練された口元がより際立ってしまっている。

むしろお忍び芸能人のオーラさえ漂っている気がした。

(でも、こいつの目銀色だし……このほうがまだマシだよな)

目立つのはもう諦めよう。電車が大学の最寄り駅に到着する。太陽はスコールを伴って降車した。

珍しく改札では顔見知りに出くわすことがなかった。しかし、それも時間の問題だろう。大学の正門をくぐると、さっそく女子が三人ほど近づいてきた。ゼミで一緒の女の子とその友人たちだ。

「相馬くん、おはよう」

「おはよう」

「今日は、お友達が一緒なんだね」

女の子たちはチラチラとスコールの様子を窺っている。顔を赤くして声をかけたそうにモジモジしているのが見て取れた。ゼミの中でも密かにいいなと思っていた子までスコールに熱烈な眼差しを送っている。

（見た目はこんなだけど、こいつは俺のストーカーだぞ。ちょっと顔がいいからって……）

女子たちはちいさく固まってなにやら相談を始めた。これだからこの男を大学へ連れてくるのは嫌だったのだ。

「あの……お名前訊いてもいいですか。あっ！　っていうか日本語大丈夫ですか」

三人の中で誰が話しかけるか決まったらしく、ショートカットで活発な雰囲気の子が口を開いた。

スコールがちら、と太陽に目配せする。渋々頷くとスコールはショートカットの子に向き直った。

「俺の名前はスコールだ。日本語は問題ない」

「わあ、素敵なお名前ですね！」

三人が我先にと自己紹介を始める。スコールはいちいち神妙に頷いてみせた。なんというか胃がぐるぐるする。

（なんだこれ。朝食った肉のせいか）

三人はさらに話しかけたそうな素振りを見せたが、スコールがばっさりと断った。

「悪いが、時間に遅れそうなので失礼する」

あまりにもさりげなく肩を抱かれ、太陽は拒絶するタイミングを計りかねる。ショートカットの子が「あの！」と立ち去ろうとするふたりを呼び止めた。

「サングラス、外して貰ってもいいですか」

スコールが訊ねるより先に、太陽は「外してやれよ」と囁いた。頷いたスコールがサングラスを外す。

周囲から歓声が聞こえた。

「これでいいのか？」

「あ、ありがとうございますっ」

　ふたたびサングラスをかけると、スコールは今度こそ太陽を伴いその場を立ち去った。

背後では、きゃあああと女の子たちの甲高い悲鳴が止まらない。

「あの雌たちは何故叫んでいるんだ」

　スコールが眉間に皺を寄せながら訝しむ。太陽は乾いた笑いしか出てこなかった。

「俺が知るかよ」

　前方に里塚がいるのが見えた。こちらを振り向いたので、太陽は相手に向かって手を
振った。それなりに距離が離れているのに「ひぃ」という声がここまで届く。

　里塚はぎこちなく手を振り返すと、競歩並みのスピードで先に行ってしまった。唖然と
する太陽の横でスコールが呟く。

「大学という場所は、雄も雌も変わっているのが多いな」

「人間のこと、雄雌で呼ぶなよ」

　一応釘を刺しつつ、太陽は激しい疲労感を覚えていた。構内に入っただけでこれでは、
この先いったいどうなってしまうのか。

　痛む眉間を揉んでいると、隣を歩いていた筈のスコールの背中に思いっきりぶつかった。

「おい、急に止まるなって！」

太陽の文句も聞こえていないのか、スコールは無言で周囲に気を配っている。サングラスを外し周囲の様子を確かめている。遠くで女子が騒いでいるようだ。

ほとんど表情に変化のないスコールだが、太陽の目から見ても今の彼は妙に凄みがあった。まさか、何かよくないものが近くにいるのだろうか。

「ヴィーザルがいるのか？」

スコールはすぐに答えない。焦れた太陽が詰め寄ろうとしたところ、やっと答えた。

「一瞬奴の気配を感じたように思ったが……俺の勘違いだったらしい」

「え。マジで大丈夫なのか？」

太陽が不安がっていると、スコールは瞳を覗き込んできた。

「おまえのことは必ず護る。絶対に大丈夫だ」

銀色の瞳に吸い込まれそうになる。いくら眺めても見飽きることなどなさそうだ。気高く凛として美しい、それなのにどこか寂しげなのは何故なのか。

太陽は今になって気がついた。どうやら自分は、かなりこの男の顔が気に入っているらしい。というよりこの顔を嫌いになれる人間がどこかにいるなら、ぜひ教えて欲しいものだと思う。

（あ、これ……やばいっ）

　心臓が早鐘を打ち、下腹が急激に切なくなる。例の発作だ。ここでキスされては堪らない。その堪らないが別の意味になりそうで、太陽は大いに焦った。

　スコールに知られないよう、俯いて両手で顔を隠す。すると突然抱き締められて太陽は「ひーっ」と声を漏らした。

　狼のくせにどんな香水よりもいい匂いがする。跳ね除けなければと、頭では理解しているのに、うっとり身を任せたくなってしまう。

「移動するぞ」

　駄目だと言おうとしたが、声が喉に張り付いて音にならない。次の瞬間、太陽は一限目の講義が行われる教室にいた。

「……あれ」

「この部屋で合っているだろう。金曜日のこの時間、おまえはいつもここにいたぞ」

　てっきりどこかへ連れ込まれ、キスをされるのだと思っていた。ホッとしたのかがっかりしたのか自分でもよくわからない。

　いきなり現れた太陽たちのことを、誰にも見咎められなかったのは僥倖（ぎょうこう）だった。そそくさと階段型になっている講義室の一番奥へ腰を下ろした。

「おまえ、気軽にぽんぽん魔法使うなよ。移動するところ、見られたらどうするんだ」

「結界を張っていたから大丈夫だ。それに人間は都合の悪いことは目の錯覚ですまそうとするからな」

既に講義室には教授が入っていて、ちょうど学生の出欠を取っているところだった。太陽の名前が呼ばれ、慌てて答える。

「危なかった……」

この講義は三回欠席するとアウトと言われている。太陽はスコールの機転に礼を言おうとした。その声を口づけで塞がれる。

「んっ、んんん！」

慌てて隣の男を押し退ける。だがいくら力を籠めてもスコールの逞しい胸はビクともしなかった。太陽は小声で咎めた。

「やめろ、この馬鹿！　誰かに見られたら困るんだって」

「結界を張っている、と言っただろう」

「だからっておまえ……ッ」

シャツの上から乳首を摘まれ、びくんと背中が仰け反った。二日間、躾けられたそこは既に太陽の急所になっている。性器と同じくらい敏感な突起を指で擦られて、全身の力が抜けてしまう。

「安心しろ。今、精を注いでやるからな」

まったく安心できないことを囁かれ、太陽は大いに焦った。

「スコール、待っ……」

耳朶に舌を這わされ臍の中にぐりっと指を突っ込まれる。拒否しなければ、と頭ではわかっているのに力が抜けてゆく。

身を捩る隙も与えられぬまま、下着ごとカーゴパンツを下ろされてしまった。

「あ……やっ、うそ……」

講義室には百人以上の学生が集まっており、一年が対象の講義なので顔見知りも多い。そんな場所で尻と性器を晒しているのだ。

椅子に触れる尻が冷たかった。一番恥ずかしいところを剥き出しにされているのだと死ぬほど実感させられる。

スコールが太陽の膝を掴み、大きく足を開かせた。羞恥心が限界を突破して、頭が真っ白に染まる。スコールの指が最奥に入ってきても太陽は抗えなかった。

「濡れて、どんどんあふれてくるのがわかるだろう。こんなザマでは唾液を飲む程度ではもう治らない」

「そ、んな……ッ」

体格に見合った太い指が、鋭敏な粘膜を優しくかき混ぜる。マイクを通して教授の声が響く中、己の下肢からクチュクチュと恥ずかしい水音が鳴った。こんな異様な行為は拒まなければいけない。

そう思えば思うほど、膝がどんどん開いてしまう。

「だめ、だめ、ゆび、しないで……っ」

駄目だと言っているのにスコールは指の動きを早くした。ぐぷっ、ぐぽっと聞くに耐えない音がするたび、目の前に座っている学生が今にもこちらを振り向きそうで、太陽は発狂しそうだった。

「スコール、たのむから、もぉ、ゆるして……っ」

半泣きで懇願すると、無言で指が引き抜かれた。立っていられず、太陽はぺたん、と尻をつく。

床の冷たさに鳥肌を立てていると、いつのまに寛げたのかスコールの猛ったものを眼前に突き出された。

「あ……」

形はほとんど人間のものと変わらない。ただしスコールのものは興奮すると陰茎の根元、所謂亀頭球が膨らみ、射精が終わるまで結合をほどくことができなくなる。それが人との大きな違いだ。

ほとんど反射的に太陽はぱくりと咥えていた。

（俺、完全にスイッチ入ってる……）

他人の陰茎なんて触れることさえ絶対無理だと思っていたのに、スコールのものはしゃぶることさえ抵抗ない。

（抵抗ないどころか……もう）

ただでさえ凶悪なものが、太陽の口の中でさらに育ってゆく。それが嬉しいし、美味しいとまで思ってしまう。

こんなふうに自分を変えたスコールが憎いし恨めしい。それなのに彼の性器を目の当たりにすると、興奮でわけがわからなくなってしまう。

（欲しい、ほしい……これ、ほしいよぉ）

いつまでもしゃぶっていたい気持ちと、今すぐ突っ込んで欲しい気持ちがせめぎ合う。気がつけば無様に腰をカクつかせながら、太陽は夢中で陰茎をしゃぶっていた。

ひとりで浸る太陽に飽きたのか、スコールがゆっくり腰を退いてゆく。つい追いすがると、前髪を掴んで引き止められた。頭皮が引き攣れる痛みにさえ喘ぎ、太陽は尻をもじつかせる。

「立てるか？」

頷いて、太陽は座席を頼りに立ち上がる。すぐに腰を掴まれて、立ったまま背後から貫かれた。

「あ、あーっ、ああ」

スコールが入ってくる。講義中に自分はなんて真似をしているのだろう。背徳感に目眩がする。最悪なのは、その背徳感のおかげで悦びが一層深くなっている事実だ。

数回抜き挿しされただけで膝が崩れる。ほとんどスコールに持ち上げられる格好で、ふたりは繋がっていた。

「ひ、ぁ、くぅン」

信じらないほど大きく長いものが、太陽を貫き蹂躙(じゅうりん)する。もっと信じられないのは、息が詰まるほど責め立てられているのに、それでも足りないと思ってしまう自分だ。

（たりない、もっと……）

肩越しに振り向き、太陽はスコールに向かって舌を伸ばした。顎が涎で濡れたが気にしない。心得たスコールが舌だけ差し出し絡めてくる。陰茎の抜き挿しが緩やかになった代わりに、一番奥に入れたまま捏ねるような動きに変わる。

（これ、やらしいよぉ……）

はあはあと犬のように息を荒げながら、太陽はゆっくり上り詰めてゆく。

ピンと爪先立ちになり、太陽は自ら尻を突き出した。内壁がざわめいて、スコールの雄身にむしゃぶりつく。血管のひとつひとつを堪能しているかのような蠢きに、スコールも己を解放した。

「あ、う、っぐ」

根元が膨らみ切るまえに、スコールが太陽の体勢を変える。正面から抱き合う格好になり、ふたりで床の上にくずおれた。対面座位の格好で互いの唇を重ねる。

はふはふ、と息を切らしながら、太陽はスコールの舌を咀嚼（そしゃく）した。肉も唾液も甘い。亀頭球が完全に膨らむと、それだけで前立腺を押しつぶされた。これからの時間は太陽にとっていつも甘く狂おしいものになる。

（こいつの、いっぱい出されながら、キスするの癖になっちゃってる……）

スコールの掌が太陽の尻を丸く撫でる。それだけの刺激で太陽はふたたび軽く上り詰めた。スコールの射精は十分近く続く。人間とは違う生き物なのだと心底痛感させられるのだ。

（妊娠、マジでしたらどうしよう）

完全に蕩け切った脳みそでそんなことを思う。想像して太陽は全身をぶるっとおののかせた。雄としての矜持を完全に叩き潰される、自虐的な快感だ。これ以上深入りするとまずい。本能が警告しているのがわかった。

（早く、ヴィーザルの奴を倒して貰わないと……手遅れになる）

こんなセックスをしていては駄目だ。そう遠くない未来、完全にスコールの雌に堕とされてしまう。

ようやくスコールの吐精が終わり、太陽の中から出て行った。急激に現実が襲ってきて、思わず意識が遠のきかける。

（いくらスコールが結界張ってたにしろ、講義中に俺はなんてことをぉお……！）

行為のあとだというのに、スコールはすっかり涼しい顔で既に身支度も整えている。それを見て、太陽も慌てて下着とカーゴパンツを身につけた。

大量に注がれたものが漏れてしまうのではないか。不安になっているとスコールが察したらしく説明してくれる。

「こぼれないように栓をしているから大丈夫だ」

「なんだよ栓って。へ、変なもの人の身体に仕込むなよ」

青ざめる太陽に、スコールはしれっと言い放った。

「栓というか俺の精を濃縮して一部をゼリー状にしている。時間が経てばおまえの身体に吸収される」

説明されて下っ腹がぞわぞわする。そんなもの今すぐかきだしてしまいたかったが、発情を抑えるためだと自分に言い聞かせた。

気を取り直し立ち上がろうとして愕然とする。

「う、嘘だろ……」

足が言うことを聞かない。完全に腰が抜けてしまったようだ。しかしよく考えれば当然だった。今日の朝起きた時点で足腰には相当な負担がかかっていた。

「つ、詰んだ……」

講義が終わり、学生たちの移動が始まる。へたりこむ太陽を見て何人かが集まってきた。その中には横田もいる。

「おい相馬、どうした。具合悪いのか」

「あ。平気平気、これくらい……」

太陽は気合で無理やり立ち上がろうとした。すると、ふわりと背後から横抱きにされる。ハッとして太陽は相手を見た。百八十センチの男を軽々と抱き上げられる男なんて——ここに、スコール以外いるわけがない。

まさしくそのスコールにお姫様抱っこをされながら、太陽の思考は停止する。シンと静まり返った中、人々の視線が針のように突き刺さる。

「どこかゆっくり休めるところはあるか？」

スコールのことばに横田がいち早く我に返った。床に転がっていた太陽のデイパックを拾って高らかに宣言する。

「ホケカンまで案内しまっす！」

友人の案内で構内をお姫様抱っこで練り歩く。喋る気力をなくした太陽を見て、横田は心配しているようだった。だが今はそんなことを気にかけている余裕などない。

ぐったりスコールの胸に凭れ、現実から逃げるために目も閉じた。そうすれば肌にまとわりついてくる好奇の視線だって気にならない。

「スコールさんっていうんですか。いやあ日本語上手っすねえ」

「日本に十八年住んでいるからな」

「え、え～マジすか！　俺てっきりスーパーモデルの方だとばかり……」

思わず太陽は突っ込んだ。

「スーパーモデルがなんでうちの大学の動物生態学の講義を受けるんだよ」

「ええー、スーパーモデルが動物の生態に興味あったっていいじゃんか。だいたい相馬といったい何繋がりなんだよ」

「何繋がりって……それはえっと、アレだアレ、バイト先の……」

太陽がしどろもどろになっていると、スコールが急に足を止めた。太陽と横田は顔を見合わせる。

「ホケカン、とはここのことか？」

目の前の扉にはデカデカと保健管理センターと記されている。横田は慌てて頷いた。

「はい、ここです。えーと……大丈夫そうか、相馬？」

「ああ、ここまで付き合わせて悪かったな。横田こそ、講義は？」

「次は福祉だから遅刻しても平気だし。ってことで、俺行くわ」

デイパックを太陽に渡し、横田は廊下を小走りに去って行った。友人の背中を見送って
太陽はお姫様抱っこを止めさせた。

「次、ちょうど空き時間だからここで休んでくる。おまえは……」

スコールは太陽を見ていなかった。どこか遠くへ意識を向けているようだ。

「……すこし、このあたりを哨戒する。何かあれば俺を呼べ」

「わ、わかった」

やはり〝何か〟がいるのだろうか。不安に駆られていると、スコールに軽く唇を啄ばまれ

た。

「ばっ、俺は今発情してないぞ！」

慌てて唇を押さえる太陽を見て、スコールは「ああ」と頷いた。

「今のは俺がしたかったからしただけだ」

それだけ言ってスコールは姿をかき消した。あとに残されたのは、赤い顔をした太陽ひとりだけである。

（く、くそ……あのウルトラマイペース狼野郎め……！）

火照る頬を擦りつつ、保健管理センターの扉をノックする。すぐに「はーい」と呑気な声が聞こえてきた。

扉を開けて中に入ると、白衣を着た五十代くらいの男性と、三十代半ばの看護師らしき女性が迎えてくれた。

「あの、ちょっと体調が悪くて……ベッド貸して貰えますか」

「はい、いいですよ。一応検温させて貰ってもいいかな」

看護師から渡された用紙に学籍番号と主な症状、体温を記入する。

「今は熱が出ない風邪も流行ってるからね。症状は怠いだけ？　もし悪化するようなら薬を飲むか病院へ行くんだよ」

「わかりました」

カーテンで仕切られたパイプベッドを案内される。老人並みの足取りでベッドに向かう太陽を、スタッフのふたりは笑顔で見守った。

やっとの思いでたどり着いたベッドに、太陽は靴を脱いでばふっと倒れこんだ。よく考えてみるとまともな寝床は久しぶりだ。

（やば、吸い込まれる……）

胎児のように身を丸め、太陽はすぐに眠りに落ちていった。

# Ⅳ

疾（はや）く疾く、もっと疾くと祈りながら『あれ』から逃げる。捕まったらおしまいだ。気が狂いそうな焦燥感に駆られながらひたすら自分を追い立てる。

（はあ、はあ、はあ……）

髪が燃え、肌が焦げる。苦しい、辛い、痛い。喉はひりつき、心臓が張り裂けそうだった。それなのに、ふと笑い出しそうな己に気づく。

炎に全身を炙られながら、痺れるような恍惚にどうしようもなく全身がわななないた。

（疾く疾く！　ああ、お願いだからもっと疾く！）

どうかもっと疾く、ここまで来て追い詰めて捕まえて――。

夢を見た。

太陽は太陽（ソル）だった。

馬車に乗り、燃え盛る太陽を引きながら、狼から死に物狂いで逃げていた。スマホで調べた女神の話に影響されたのかもしれない。こういうのをゲーム脳というのだろうか。

（ゲーム脳ってか現実(リアル)だし）

うたた寝程度だと思うが、自分はどれくらい眠っていただろうか。スマホで時間を調べようと、太陽はカーゴパンツのポケットを探った。

「あれ……」

ベッドの上で半身を起こす。もう一度全身をくまなく確認し、デイパックの中も探したが、スマホは見つけられなかった。どこかで落としたのかもしれない。カーゴパンツを脱いださきほどの講義室があやしかった。

「見つからなかったらエロ狼のせいだぞ」

ぼそっと呟き太陽はベッドから降りスニーカーに足を突っ込んだ。カーテンを開けて室内を見回すが、スタッフの姿が見当たらない。

「誰もいない？　勝手に出て行ってもいいのか」

デイパックを担ぎ太陽は扉へと向かった。室内の壁掛け時計を見ると二限目も半ばを過ぎたところだった。

ひとりごちてから、太陽はふと異変に気がついた。あたりが妙にキナ臭い。さきほど見た夢の名残だろうか。

（違う、そんなんじゃない！）

　パチパチと何かが爆ぜる音がする。

　背後を振り向き、太陽は鋭く息を飲み込んだ。部屋のあちこちから火が出ている。逃げようとドアノブに手をかけた時、ベッドの上に学生らしき人影を見つけた。

「おい、火事だぞ！　早く逃げ……っ」

　声をかけてから、さきほど太陽が寝ていたベッドだと気がついた。『彼』はいつからそこにいたのだろう。そう思った瞬間、相手は伏せていた顔を上げた。

「横田？」

　水色の瞳を見開き、横田はニイと笑ってみせた。反射的に後退る。

「カラコン……じゃないよな。おまえ、本当に横田か？」

　こちらの話を聞いているのかいないのか、横田はのんびり口を開いた。

「この前さあ、皆で飯食いに行こうってなった時に、おまえ焼肉食べ放題はパスだって言ってたの覚えてるか」

　確かに先月、そんな話になったことがあった。ではここにいるのは本当に横田なのだろうか。

「その時さ、おまえ『火』が怖いんだって教えてくれたよな。焼肉の炭火でもビビるほどなのに、どうよコレ？」

　一刻も早くこの部屋から逃げ出さなければならない。頭ではわかっているのに、どうしようもなく身体が竦む。

「おまえ、ヴィーザルだな」

　スコールはヴィーザルの『目』から逃れるために太陽を番にしたと言っていた。だがこうして見つかっているではないか。文句を言いたいのに、肝心のスコールがこの場にいない。

「あんた神なんだろ。何故俺みたいな人間を相手にする。スコールから聞いたけど、太陽の女神ってのはもう別にいるんだろ」

　悠長に話している場合じゃないとわかっている。だがどうしても訊いておきたいことがあった。

「あなたたちがよく知る〝ラグナロク〟でも伝えるように、我が父オーディンはフェンリルによって殺されました。あのスコールめは我が憎き仇の血族であり、そしてソル（あなた）はそのスコールがもっとも愛するものです」

　横田の顔がぐにゃりと歪む。ソレはもう横田の原型を留めていなかった。

　扉を背に逡巡（しゅんじゅん）する。このまま逃げたとして、横田の身は無事なのだろうか。思わぬ形で友人を巻き込んでしまった。

（クソ、どうすればいい）

今すぐスコールが現れないかと期待する。彼の不安は当たっていたのだ。残念なことに今は見当違いの場所を探しているらしい。

もうすぐ床を舐める炎がカーテンに引火するだろう。そうすれば一気に燃え上がる。

太陽はインナーを掴んで口元を押さえた。炎も危険だが、一酸化炭素中毒も気をつけなければならない。

「我が身よりなお愛おしいものを奪われる気持ちを、あの狼に味わわせてやりたいのですよ。人の子のことばで表すならば『八つ当たり』とでも言うのでしょうか」

「……それを言うなら、俺（ソル）だって狼の被害者だろ。同じ神様仲間として、情けはないのかよ」

うふふ、と小首を傾げてソレが笑う。

「全身から狼の匂いをぷんぷんさせながら、ずいぶん面白いことを言うのですね」

とにかくこの部屋から出なければ。太陽はいよいよ身の危険を感じていた。この部屋から逃げ出せば、ヴィーザルはきっと横田の身体を使って太陽を追いかけてくるだろう。

背後のドアノブに手を伸ばし、回す。ガチャ、ガチャ、とその動作を繰り返した。ガチャガチャ。ガチャ。何度繰り返しても扉は閉ざされたままだった。

「くそ、開け！　開けよ！」

引いても叩いても扉はビクともしなかった。炎を前にして太陽はパニックだけは起こすまいと思っていた。だがそれも限界だった。

「助けてくれ！」

開かない扉にしがみつき、太陽は絶叫した。怖い怖い怖い怖い怖い怖い怖い怖い怖い怖い怖い怖い怖い怖い怖い怖い怖い怖い怖い怖い怖い怖い怖い怖い怖い。

「助けて助けてたすけて、スコール！」

後頭部を掴まれて、ガンと額を扉に打ち付けられる。ヴィーザルがいつのまにか背後に立っていた。衝撃のあと一瞬遅れて激痛に襲われる。

「あ、がっ」

くずおれる太陽の身体をヴィーザルは片腕一本で持ち上げた。掴まれた首に全体重がかかる。宙に浮いた足でヴィーザルを蹴ろうとしたが、無駄にバタついただけで終わった。

（ふざけんな、スコールの奴！　俺のことを絶対に護るって言ったくせに）

何かあったら呼べと言ったではないか。何故今すぐここへ現れない。嘘だけは吐かないと、信じた自分がバカみたいだ。

（あ……）

視界が暗くなる。

意識が遠くなりかけて、記憶が一気に氾濫する。

スコールにうなじを噛まれた時、走馬灯のように蘇った記憶。

高い崖から落ちても太陽は無傷だった。運が良かったのでも当たりどころが良かったのでもない。あれは確かにスコールだった。巨大な狼が、太陽を落下から救ってくれたのだ。

なんの断りもなしに太陽を番にし、不可抗力とはいえ貞操を奪った男。憎んでもいい筈なのに、どこかで憎みきれないのがもどかしかった。

太陽がヴィーザルに襲われた時も、男たちに犯されそうになった時も、スコールだけが駆けつけてくれたのだ。

(でも本を正せばぜーんぶアイツのせいなんだよな。こんなことで絆されるかっての)

もう駄目だと思った瞬間、突然首への圧迫感が消えた。身体を放り出され、肺に酸素が一気に入ってくる。太陽は貪るように息をした。

「かはっ」

涙を流しながら太陽は見た。燃え盛る炎の中で、白銀の狼が咆哮する。炎の恐怖さえ忘れるほど、それは美しい光景だった。

魔狼がヴィーザルの喉笛に食らいつく。床に倒されたヴィーザルが瞬く間に炎に包まれた。たんぱく質の焦げる匂いが鼻腔を刺激する。我に返って太陽は叫んだ。

「スコール！」

　太陽が声を発するより早くスコールが飛び出してきた。炎の中に取り残されていた焼死体が呆気なく四散する。その瞬間、部屋中の炎がすべて消え去った。

「火が、消えて……？」

　スコールが狼から人の姿に戻る。何事もなかったようにベッドに横たわる友人を見て、太陽は慌てて駆け寄った。

「横田、おい横田……！」

　さきほど炎に飲み込まれる友人を見た。心配のあまり乱暴に揺すると、横田はちいさく呻いた。死んでいないことに安堵して、太陽はベッドの傍にへたりこんだ。

「彼はヴィーザルに意識を乗っ取られていたようだ。今はもう心配いらない」

「あの火事は……」

　太陽は改めて室内を見回した。燃え落ちたカーテンも、焼け焦げた床も無傷だ。

「すべてヴィーザルの幻術だ」

「幻術……？　幻だったってことか？　さっきのが全部？」

　焦って損をした。そんな太陽の気持ちを見透かしたのかスコールは続けた。

「幻と言ってもヴィーザルの術は相手の魂に直接影響を及ぼす。だから炎に巻かれれば焼け死ぬし、首を絞められたら息絶える」

絶句する太陽にスコールは続けた。

「俺と番になったことでヴィーザルはおまえが見えなくなった。おまえの友人の意識を乗っ取り『目』の代わりにしたんだろう」

「それって……またこんなことがあるってことか？」

友人が次々に乗っ取られるハメになるのだろうか。ぞっとする太陽に、スコールはかぶりを振って言った。

「さっきの攻撃でヴィーザルの本体にダメージを与えた。しばらくは大きな術を使うことはできない筈だ。心配するな」

「信じていいのか？」

太陽のことばにスコールはバツが悪そうな顔をした。番になったにも拘らず太陽はヴィーザルに襲われたのだ。

「ヴィーザルの囮に引っかかった。俺がこの部屋から離れてから、奴は結界を張ったんだ」

一応、反省しているのだろうか。表情はさほど変わらないのだが、どこかしょんぼりしているように見える。

　ヴィーザルの幻ではないが、犬耳と尻尾がうなだれている様子が脳裏に浮かんだ。

「結界を張られたから俺のピンチに気付けなかったのか。でも、それでどうやって駆けつけたんだよ？」

　当然の疑問をぶつけるとスコールは淡々と答えた。

「おまえが俺を喚んだおかげで俺はここへ来ることができた」

「俺が喚んだ？　それって、もしかして俺にも魔力的なものが宿ったってことか!?」

　勢い込んで訊ねる太陽にスコールはにべもなく「違う」と否定した。

「おまえは俺の番、いわば半身のようなものだ。どんなに強力な結界を張ろうが、おまえの声は必ず届く。だから無理矢理結界を破りここへ来たんだ」

「ふうん」

　己の中に眠っていた太陽の女神としての力が解放され――などと一瞬妄想してしまった。そうゲームのように都合よくはいかないというわけだ。

「おまえ、魔法を使いたいのか？」

「えっ、使いたい。使えるのか？」

　懲りずに身を乗り出す太陽を見て、スコールは考え込むような顔をする。

「人間には無理だ……と言いたいところだが、おまえの前身は太陽の女神。それに俺の精を注いでいるからな。ひょっとしたら可能かもしれない」

　横田の呻く声が大きくなる。もっと突っ込んで訊きたかったがひとまずはお預けだ。疲れてたんだろ、と適当に言いくるめたが最後まで不思議そうな顔だった。

　自分が保健管理センターのベッドで寝ていることに、横田はかなり混乱していた。疲れてたんだろ、と適当に言いくるめたが最後まで不思議そうな顔だった。

　失くしたと思ったスマホは、ちゃんとカーゴパンツのポケットに入っていた。スコールは幻術だと言っていたが悪夢の世界に迷い込んでしまったような気持ちだ。

　まさか大学で襲われるなんて思わなかった。危機感が足りなかったと今ならわかる。ヴィーザルの襲撃を待つだけではなく、何か自分にできることはないだろうか。

　考えてみても大した考えは浮かばない。

「なあ、ヴィーザルについて調べようと思うんだけど。ひょっとしたら弱点とかわかるかもしれないし」

　思いつきでスコールに提案してみる。午後にふたつ講義を入れているが、とてもじゃないが今日はもう聴講する気にはなれなかった。

「どうやって調べるつもりだ？」

「図書館で片っ端から文献を漁ろうと思ってる」

　スコールは反論しないかわり、特に賛成もしなかった。太陽は唇を尖らせた。

「どうせ人間の書き残したものだから、大したこと書いてないとか思ってるんだろ。でもヴィーザルを倒すためのヒントくらい載ってるかもしれない」

「望みは薄いだろうな」

あっさり断言され太陽は肩を落とした。だが、とスコールは続けた。

「しかし、万が一ということもある。たとえば俺がいない場所でおまえが襲われた時、俺が駆けつけるまでの時間稼ぎの方法くらいなら見つかるかもしれない」

「それでも十分だろ」

図書館入り口でＩＤを提示すると入室を許可される。スコールは魔法か何かを使ったらしく、特に問題なくついてきた。

まずは神話コーナーへ向かい、北欧神話関係の本を適当に見繕う。まずは敵を知ることだ。ヴィーザルについて何かわかれば太陽だって対策を思いつくかもしれない。

（それにスコールについても、もっと詳く知りたいし）

スコールたち魔狼が住む世界にも書物や図書館はあるのだろうか。訊いてみたかったがスコールにも何やら目当てがあるらしく、太陽を置いて自ら本を探しに行ってしまう。

まあいいか、と太陽も神話関係のコーナーへ足を運び、よさそうな本を何冊か選んだ。

貸し出しカウンターへ向かう途中、「待て」とスコールに呼び止められる。抱えていた本の上にさらに数冊積み上げられた。太陽はタイトルを見て声を漏らした。

「ルーン魔術？」

そう言えば以前ヴィーザルがそんなことを呟いていた覚えがある。

「魔法を使えるようになりたいんだろ」

「教えてくれるのか！」

頷くスコールを見て俄然テンションが上がってきた。ゲーム脳と呼びたいなら呼ぶがいい。だが正直なところ胸が躍って仕方がなかった。

カウンターに貸し出し上限である十冊の本を置くと、司書の女性は固まった。別に本に問題があるわけではなく、スコールに見惚れているのだ。どこへ行っても似たような反応に出くわすため、太陽もそろそろ慣れてきた。

「おい」

スコールが眉を顰めると、司書はびくんと大袈裟に反応した。

すみません、と謝りながら貸し出しの手続きに入る。物珍しさにスコールが凝視しているせいか、バーコードをスキャンする指が震えている。太陽は彼女に同情したくなった。

「おまえ先に出てれば」

スコールに告げると心外そうな顔をされた。

「ひとりでその本を全部持つつもりか。手伝いが必要だろう」

女こどもではあるまいし、たかだか十冊の本を持ち運ぶくらい問題はない。太陽が口を開く前に司書の女性がキラキラした目を向けてきた。

「まあ、お友達思いでいらっしゃるんですね！　素敵です！」

太陽に五冊、スコールに五冊ずつ本を渡しながら司書は深々と頭を下げた。

「またのご利用をお待ちしております」

スコールの受け取った本には堂々と名刺が挟んである。そこに司書の女性が嬉々として数字を書いているのを太陽はバッチリ見ていた。どうせスマホの番号かＬＩＮＥのＩＤだろう。

図書館を出た瞬間、太陽は隣の色男をじっとり睨んだ。

「おまえ、ちょっとモテモテだからって調子に乗るなよ」

今なら里塚の気持ちがわかりそうだ。スコールは本を小脇に抱えながらちいさく首を傾げてみせた。

「女が俺に色目を使ったことが不満か？」

「はあ!?　俺は別に……ッ」

「俺は、おまえ以外どうでもいい」

さらりと殺し文句を言い放ち、スコールがスタスタと先を行く。その後ろを太陽は赤い顔でついて行くはめになった。

大学を出て電車に乗る。太陽のマンションではなく、スコールの部屋へと向かうことにした。人の行き来の少ない場所のほうが、魔術の練習をするのに都合がいいそうだ。

戸締まりをしていない扉を開き、我が物顔で狼の部屋に上がり込む。図書館から借りてきた本を取り出し、畳の上に積み上げた。

どれから読むべきか太陽が迷っていると、スコールがさっと一冊を選び取った。愛らしいピンクの表紙で『簡単！　あなたにもできる恋のルーン魔術』というタイトルが記されている。

複雑な顔をする太陽に、スコールが真顔で告げた。

「魔法を覚えたいと言ったな。ならばまず、このルーン文字を覚えることだ」

とあるページを開きながら、スコールは太陽に差し出した。

そこにはアルファベットと象形文字の中間のような文字が羅列している。そのすぐ下に意味が書いてあるようだ。

ルーンは全部で二十四文字あって、たとえばアルファベットの『F』を斜めにしたような四番目のルーンはアンスール、あるいはアンサズと読み、最高神オーディンまたは口を意味する。転じて意思疎通や人間関係を表すとのことだった。

「ルーン魔術は文字を書くことで発動する。これらの文字を組み合わせることによって多様な術を編み出すことができる」

おお、と感動する太陽を尻目に、スコールは素っ気なくつけ足した。

「おまえの場合はすべて覚える必要はない。実戦で使えそうなものを二、三教えてやる」

「なんだよ。どうせなら全部教えてくれたらいいのに」

「覚えたところで使いこなせなければ意味がない。筋がいいようなら教えてやる」

太陽がブーイングしたところ、スコールに「それはなんだ」と冷静に突っ込まれてしまう。

魔狼と異文化交流する気はないので太陽は流した。

「これ、受験勉強を思い出すなー」

たった半年ほど前のことなのに既に懐かしい。大学に入った途端受験の時のあれやこれはすべて吹き飛んでしまったようだ。

デイパックからレポート用紙を取り出して、ルーン文字を書く練習をする。ある程度ものになってきたところで、スコールがどこからともなく石を持ってきた。

畳の上に転がされた五、六個ほどの石は色も形もバラバラだが、どの石も丸っこく表面がすべすべしている。

何の変哲もないただの石ころみたいだが、特別な力が込められているのだろうか。期待を込めて太陽は訊いた。

「これって、魔石とかそういう……？」

「いや、このへんに落ちていたものを拾ってきただけだ」

太陽が大いにテンションを下げたところで、スコールは石のひとつを手にとった。次に人差し指に歯を立てる。犬歯が皮膚を食い破り、つうと赤い血が流れた。

丸い石の表面にスコールが血で一本の線を引く。次にその線の左右に斜めの線を書き足し三叉にした。

その途端、血文字がぽうっと明るく発光したかと思うと、次の瞬間綺麗にかき消えていた。まるで石の中に文字が潜り込んでしまったみたいだ。

「アルシズのルーン石（ストーン）だ。お守り代わりに持っていろ」

スコールがぽーんと放った石をキャッチする。さきほどの文字がもう一度浮かんでこないかと太陽はマジマジと手の中の石を眺めた。だが何も起こらない。

「このアルシズってのを練習すればいいのか？」

「いやおまえが覚えるのはこっちだ」

スコールが示したのは第六のルーン『カノ』だった。ひらがなの「く」にそっくりなので覚えるのは簡単そうである。

「えーと意味は……たいまつの炎？」

不安が表情に現れたのだろうか。スコールは太陽の頬をそっと撫でた。

「俺が火、ダメなの知ってるだろ」

「知っている。だがもしもおまえがルーンを使えるとしたら、これしかない。太陽の女神ソル」

太陽はびくり、と肩を震わせた。ついさっきまでワクワクしていた気持ちが急激に萎えてゆく。そんな自分に戸惑いを感じた。

「別に無理強いはしない。やるかどうかはおまえが決めろ」

温度を感じさせないスコールの声に、太陽は俯いて拳を固く握り締めた。口の中で苦く呟く。

「俺は、ソルじゃない」

スコールは何も言わなかった。太陽の意思などきっと彼には取るに足らないことなのだろう。

（そりゃ、狼に人間のこころをわかれってほうが無理か）

ある日突然、おまえはおまえじゃない他の誰かだと言われ「はい、そうですか」と納得できるわけがない。だが太陽がどう感じようが関係なく、事態はどんどん進んでゆく。まるで水の中でもがいているような気持ちだ。

試しに太陽はカノのルーンを指で記してみた。勿論何も起こらない。ちいさく吐いた溜息は、魔狼の耳には届かなかった。

# V

翌日もスコールは大学に着いてきた。

ヴィーザルの気配を感じないと言っていたが、太陽は油断するつもりはない。身体も落ち着いてきたようで発情は抑えられていた。

午前中の講義をつつがなく終え、昼休みがやってくる。

あまり気は進まなかったが太陽はスコールを学食へ連れて行った。案の定、思い切り周囲から浮いてしまい、注目の的になる。

(逆に身長百九十センチで銀髪のスーパーモデル級の男が、浮かないシチュエーションを教えて欲しい)

いくら考えてもパリコレくらいしか思い浮かばなかった。

スコールに席取りをさせ、自分は注文の列に並ぶ。結界でも張っているかのように、スコールの周囲だけぽっかりスペースが空いているのにちょっと笑った。

(うーん、シュールな光景だ)

二限目を終えた学生たちが詰めかけてきて、席はあっというまに埋まりそうだった。

トレイに注文した料理を載せ、スコールのもとへ戻る。自分の前にはカレーを、スコールの前に牛丼を置く。

「これは……」

まじまじと牛丼を眺めるスコールに、カレーを口に運びながら太陽は言った。

「俺だけ食うのもアレだから、一応な」

警戒しているのか、すぐに手をつけようとしない。余計な真似をしてしまっただろうか。

「あ、ひょっとして俺たちの食いもんとか無理だった？」

昨日は昼食抜き、夜は太陽だけ自分の部屋に買い置きしてあったカップラーメンを食べた。狼は一日三食の習慣はないそうで、スコールはそのまま寝てしまった。

だから彼が味付けなしの焼いただけの肉を食べたところしか見たことがないのだ。

「無理ではないと思う。が、なにしろ初めて口にする」

スコールは箸を手に取ると、太陽の箸づかいをじっと観察した。それだけで箸の使い方を習得したらしく、危なげなく箸を操ってみせる。

固唾（かたず）を飲んで見守る太陽の目の前で、スコールは牛丼を口にした。ひと口、またもうひと口と、なかなか気持ちのいい食べっぷりである。

「おまえは食べないのか？」

スコールに促され、太陽は慌ててカレーにふたたび取り掛かった。人が食事する姿を凝視するなんて行儀が悪い。

太陽がカレーを半分ほど平らげたところで、スコールはそっと箸を置いた。丼の中は空っぽだ。

手持ち無沙汰なのか、そわそわするスコールを見て太陽は訊ねずにいられなかった。

「おい、足りないようならもっと食うか?」

「いいのか!」

スコールの目が一瞬パッと輝いた。よほど牛丼が気に入ったらしい。太陽はちょっと待ってろ、と言い置いて席を立った。

食券を購入し、配膳カウンターに並びながら太陽は片手で口元を覆う。

(アレ、尻尾があったら絶対に振ってるよな)

追加の牛丼を差し出すと、スコールはまっすぐ太陽を見て言った。

「ありがとう」

この男に礼を言われたのは初めてではないだろうか。「どういたしまして」と言いながら太陽は妙な感動を覚えていた。

それにしても本当に美味そうに食べるものだ。見ているこちらまで嬉しくなってしまう

ではないか。

（伝説の魔狼を餌付けかー）

なんだか腹の底がこそばゆいようななんとも言えない感覚だ。ニヤつきそうになるのを必死に堪えていると、見覚えのある女生徒が三人こちらにやって来るのが見えた。

ゼミが一緒で、昨日の朝も遭遇した女の子たちだ。太陽とスコールの隣を指さしながら「ここいいかな?」と訊かれたので、太陽は頷いた。

スコールは我関せずで食事に集中している。ゼミに関する当たり障りのない会話が続いたあと、顔見知りの女子はさりげなく切り出した。

「そういえばスコールさんはどこの学部なんですか?」

名前を呼ばれ一応顔を上げたがスコールは答えない。仕方なく太陽が代わりに口を開いた。

「こいつは学部生じゃないんだ。ここの大学がどんな感じなのか気になってるらしくって見学してる」

「聴講生ってわけでもなく?」

「違う違う、本当に遊びに来てるだけ」

興味津々といった様子の彼女たちをどうやって躱（かわ）すべきか頭が痛い。助けにならないとわかっていながら太陽はついスコールを見た。

食事を終えたスコールは名残り惜しそうに空になった丼を眺めていた。お代わりさせてやりたくなったが、ぐっと堪える。生活費に余裕があるわけではないのだ。いくら学食の牛丼とはいえ無駄な出費は抑えるべきである。

(人間の食べ物が気に入ったのか？　夕食に何か作ってやろうかな)

それをスコールに伝えようとして太陽は思わず吹き出した。

近寄りがたいほど完璧な美形のくせに、スコールの頬に米粒がついている。これではイケメンが台無しだ。

「おまえ、弁当つけてどこ行く気だよ」

指で取った米粒を己の口に放り込む。こくん、と飲み込んだあとで太陽はハッと我に返った。スコールとは発情を抑えるために何度もセックスをしている。そのせいで距離感が麻痺(まひ)してしまったのかもしれない。

自分でやらかしておきながら、カアっと顔が熱くなる。

(俺のバカ！　男同士で今のはないだろ！)

女子のひとりがからかうような声で言った。

「おふたりって、仲がいいんですね」

なんとか挽回しなければ。焦りながら太陽が口を開いた瞬間だった。ガタ、と席から立ち上がりながらスコールはあっさり言い放った。

「ああ、俺たちは番だからな」

女子たちがスコールを見上げてきょとんとしている。突っ込まれる前に太陽はこの場から逃げ出すことにした。

「ごめん、俺たち急いでいるからお先に！」

食器の載ったトレイを返却カウンターへ戻そうと思ったら、スコールに無言で奪われる。彼は自分のトレイと一緒にカウンターへと持って行ってくれた。

「え、なんであそこへ運ぶんだってわかったんだ？」

「他の人間がそうしていたから真似をした」

思わず感心していると、さっきの女子たちが「彼氏だ」「彼氏だね」「付き合ってた」と頷き合っているのが見えた。

（あれはきっと彼女たちの恋バナだ。絶対そうに決まってる）

自分自身に言い聞かせなければ頭を抱えてしまいそうだ。スコールが当然のように腰を抱いてきたので、太陽は慌ててその腕を振りほどかなければならなかった。

「外でくっつくなって言っただろ！」

「結界を張るか？」

「張らない！」

ヴィーザルの襲撃もなく無事に三限目が終わる。バイトまでの時間をスコールのアパートで過ごすことにした。

ルーン魔術の練習は相変わらず捗々(はかばか)しくない。スコールにコツを訊いてもまったく役に立たなかった。

スコールにとっては呼吸の仕方を教えるようなものなのだ。手応えがなさすぎて、早々に諦めそうになる。

やがて時間がきたので太陽はデイパックを背負った。てっきりバイト先までついてくるのかと思いきや、スコールはあとから追いかけるという。自宅近辺の哨戒も兼ねるそうだ。

スコールはヴィーザルの本体にダメージを与えたから、しばらくは大きな術は使えないと言っていた。だがそのことばを全面的に信じてしまっていいのだろうか。

次はコンビニで襲われるかもしれない、と思えば不安になる。

（くそ、男なんだから自分の身は自分で守る！）

スコールに渡されたルーン石を、太陽はこっそり握りしめた。

「ふーん……まあ、おまえと歩くと死ぬほど目立つからな。そのほうがいいか」

自分の耳にさえなんだか負け惜しみのように響く。むっと唇を突き出すと、スコールがちゅっと口づけてきた。

この程度で今さら動揺したりしない。開き直りのようなヤケクソのような気持ちで太陽は相手に訊いてやった。

「今のキスは、おまえがしたくなったからしたのか？」

スコールは一瞬だけ動きを止め——思いがけず淡く微笑んだ。

「ああ、そうだ」

太陽がぽかんと開いた口を唇で塞ぐと、今度は舌まで絡めてくる。耳から首筋を撫で、太陽をぞくぞくさせてからスコールはさっとその姿を消した。

「……」

自分が今、どんな顔をしているのか想像に難くない。扉に額を打ちつけ、その痛みで正気に戻ろう。実行すると、ゴンとかなりいい音がした。

「っ、てえぇ」

涙目でスコールの部屋を後にする。錆びた階段を下り、太陽はアパートを振り向いた。

（そういえばこのアパートって他の住人に会ったことないな。そもそも不法侵入じゃないのか？）

今にも崩れそうなオンボロアパートなのに、最近では妙な居心地のよささえ覚える始末だった。

ヴィーザルを倒したら、スコールはこの部屋を引き払うのだろうか。太陽との番を解消し、以前のように遠くから太陽を見守る生活に戻ると言っていた。太陽がそれを望んだのだ。

（でもよく考えたら、どっかからずっと見られてるって嫌だよな。それくらいならいっそそばにいてくれたほうが……）

思わず浮かんだ考えを太陽は大慌てで振り払った。

（ない、ないないないないない！　俺はそのうち優しくて可愛い女の子と付き合って、ゆくゆくは結婚して幸せな家庭を築き……）

太陽がそうして暮らすところをスコールはずっと見ているつもりなのだろうか。ただ見ているだけで、太陽には己の存在を知らせず息を潜めて見守るだけ――。

そんなことをして何になるのだ。だがスコールはそれで満足するという。

（絆されないからな、絶対に）

そもそもスコールが執着しているのは太陽ではない。女神ソルだ。

スコールは彼女を愛するあまり追いかけ回し、遂には丸呑みにしてしまった。そうしてひとつに融け合ってさえ、彼には足りなかったのだ。

だから今も追いかけ続ける。かつて太陽の女神だった、今はもうその片鱗（へんりん）さえ窺えないまったく別の存在（太陽）を――。

ぼんやり歩いているうちにコンビニに着いていた。

シフトの時間まで十五分ほど余裕があったので、太陽は大学の図書館から借りた北欧神話の本に目を通すことにした。

パイプ椅子に腰を下ろし、デイパックから本を取り出す。

手っ取り早くスコールやヴィーザルのことを調べようと思ったが、最高神オーディンやトールとロキ、フェンリル、シグルドとブリュンヒルドなどの逸話に比べると、彼らの記述はごく僅かだった。

（ヴィーザルの弱点が載ってないか、期待してみたものの）

わかったのはヴィーザルが力のある神だということくらいだ。オーディンを殺した巨狼フェンリルを、彼は見事討ち果たしたのである。

（そのスコールとフェンリルってどっちが強いんだ？　有名なのはどう考えてもフェンリルだよな）

フェンリルさえ倒したヴィーザル相手にスコールは歯が立つのだろうか。そう考えると急に不安になってくる。

（もっとヴィーザルの襲撃を警戒するべきなんだよな）

そもそも万全を期すならば、大学もバイトも放り出して、スコールがヴィーザルを倒すまでどこかに潜伏するという手もあるのだ。しかし、いつまで？

一生隠れて暮らすことなど不可能だ。きっといつかはどこかで捕まってしまう。

「相馬、そろそろ時間だぞ」

「あ、はい」

店長に声をかけられて、太陽はバックヤードを後にする。

惰性でレジを打ちながら、太陽は己の今後を鑑みた。スコールが早くヴィーザルを倒してくれなければ番を解消できない。スコールの魔力が馴染めば太陽は妊娠できるようになってしまうのだ。きゅ、と後ろが収縮し、太陽はハアと息を震わせた。

自分が妊娠するなんて、おぞましいし恐ろしい。頭ではそう思うのに、スコールの精を欲し下腹の奥が疼くのだ。

（嫌だ、こんなの俺じゃない）

いらっしゃいませー、という別のバイトの声で太陽はハッと我に返った。若いサラリーマンが栄養ドリンクと弁当をレジに持ってくる。機械的にスキャンし合計金額を告げると、支払いを受け取る際サラリーマンにぎゅっと手を握られた。

「あ、ありがとうございます」

引き攣った笑顔で手を振りはらい、釣りはトレイに載せて返した。小銭を財布にしまうまで、サラリーマンはちらちらとこちらを盗み見ていた。

（はー、くそ……。今なら女の子の気持ちがわかる）

こちらに一切その気がないのに、性的な視線を向けられるのは結構なストレスだ。こんなことスコールの番になるまで思いもしなかった。

（っていうかエロい目で見てるって、案外バレバレなんだな……。俺もこれから気をつけよう）

店内清掃を終わらせたバイトがレジの中に入ってきて、あれ、と首を傾げた。

「さっき相馬君からめっちゃいい匂いがしたと思ったんだけど、気のせいか」

「ああ、それ俺の匂いじゃなくて客の匂いじゃないっすか」

「ええー、客って爺さんだったけどなあ」

太陽はホッとした。バイト仲間に襲われるのはさすがに勘弁して欲しい。深夜バイトたちが出勤してきて、そろそろ上がりの時間だ。

「レジ金どう?」

「マイナス千九百四十二円出てます」

「マジで?　もう一回クレカのスリップ確認するか」

「あ、なんかそれっぽいですね」

　レシートと一緒にクレジットカードの店控えを渡してしまっただろうか。今日はレジを打っている時も若干上の空だったので、あり得るミスだ。太陽がハラハラしているとキャッシャーの奥からスリップが見つかった。

「よかった……!　俺ミスったかと思って超ビビりました」

　深夜組が笑いながら手を振った。

「はい、おつかれさん。もう上がっていいぞ」

「お先に失礼します」

　バックヤードに戻り、制服を脱ぐ。デイパックを担いで店内へ戻り、太陽は「あっ」と声をあげた。店の中にスコールがいた。もの珍しそうに商品の棚を見回している。

　太陽は慌てて駆け寄った。

「おまっ、スコール、どうして……」

「いつもの時間になっても終わらないから迎えに来た。駄目だったか?」

「いや、駄目っていうか」

店内に客は数組いたが、その視線が一斉にこちらに集まる。店内の強い照明のおかげでただでさえ眩しいスコールの髪が、目に痛いほどだった。

「とにかく出よう」

バイト仲間たちの物問いたげな視線を振り切って、太陽はスコールとともに店を出た。

「それじゃ、お先に失礼します！」

レジに向かって頭を下げる。自動ドアの前で、いきなりスコールに肩を抱き寄せられた。

「なっ」

「ぶつかるぞ」

焦る太陽をよそにスコールが冷静に告げる。まさしく客が入ってくるところで、そのまま進んでいたら相手とぶつかっていただろう。もごもごと口の中で礼を言い、太陽は店の外へ出た。

「バイト中より、今のでどっと疲れたっての」

「そうなのか？」

あまりよくわかっていない様子でスコールが隣で相槌を打つ。太陽は諦めて自宅へと足を向けた。

「見張り中、何か変わったことはあったか？」

「何も。あちこちに張った結界も無事だ」

　ふうん、と頷きながら太陽はスコールのほうを見ないで告げる。

「だったら、俺んちに行こうぜ。おまえ腹減ってない？　狼って食い溜めするんだっけ」

「おまえの家に行くのは問題ない。腹は……」

「魔狼って腹減らないのか。おまえに飯、作ってやろうかと思ったんだけど。あ、あくまで俺が食うついでだけどな！」

　何故自分は焦っているのだろう。いつになく早口になっているのを自覚しつつ太陽は続けた。

「あのさ、おまえに牛肉のステーキご馳走になっただろ。そのお返しっつーか……」

「昼に、おまえから飯を貰った」

「あれはほら、金出しただけだし」

　太陽がごにょごにょ言っている途中で、スコールが「わかった」と頷いた。

「世話になる」

　スコールの手がスッと伸びてきて、額にかかった前髪をかきあげてくれる。銀色の瞳がまっすぐに太陽を見つめていた。ふいに息が詰まるような感覚に、太陽は慌てて目を伏せた。顔が熱い。耳の先がジンジンする。

ふと乾いた両手に頬を包まれ、太陽は「うひゃっ」と声を上げた。反射的におもてを起こすと、スコールの顔が近づいてくるところだった。

こつん、と額と額がぶつかる。固まる太陽をよそに、スコールの鼻先が耳朶のあたりを掠めた。スンと鼻を鳴らす音にますます顔が熱くなる。今日はかなり汗をかいた。きっとそれなりに匂う筈だ。

「か、嗅ぐなバカっ」

「もう俺の魔力に馴染んだかと思ったが、すこし不安定になっているな。顔も赤い」

頬に添えられていた手が、今度は心臓の上に触れる。スコールは僅かに眉を寄せた。

「心拍が乱れている。特に不調はないようだが……」

「おまえの顔が心臓に悪いんだよ！」

ついヤケクソになって怒鳴ると、スコールは両目を見開いた。彼にしては珍しい表情だ。

「そうか、これから気をつけよう」

はは、と力なく笑い太陽はスコールを伴い家路についた。

自宅に戻ると太陽はスコールをベッドに座らせて、さっそく料理に取り掛かった。時間が時間なのでいつもなら適当にすませるか、抜いてしまうことも多い。だが今日はスコールにふるまうので特別だ。

米を炊飯器にセットして、冷凍庫にストックしてあった豚肉を電子レンジで解凍する。

（犬に玉ねぎって駄目なんだよな）

魔狼にもよくないのかはわからないが、一応入れないことにした。鍋で湯を沸かしつつ、洗ったレタスを千切ってミニトマトと一緒にサラダを作る。

「味噌汁はインスタントでいいか」

きゅうりをポリ袋に入れてまな板の上で叩く。そのままポキポキと折って皿に盛り、塩昆布と一緒にまぶしておく。できるだけまな板も包丁も使わないで自炊するのが太陽のこだわりだ。

豚肉に片栗粉をまぶし熱したフライパンでしっかり火を通す。味付けは市販の生姜焼きのたれだ。これなら失敗しないし洗い物も少なくて済む。

サラダを盛った皿に生姜焼きを載せ、フライパンを洗っていると炊飯器が鳴った。キッチンの上の吊り戸棚からしまっていた茶碗を取り出す。それは友人や彼女が遊びに来たときのために用意したものだった。

（それがなあ……）

太陽はベッドの上で大人しく待機しているスコールを見た。恋人どころか友人でさえない男が太陽のことを待っている。

「ほら、できたぞ。食えよ」

ローテーブルの上にできた料理を運ぶ。箸を渡すとスコールは「頂きます」と手を合わせた。驚く太陽にスコールは不思議そうな顔をした。

「おまえや他の人間も食堂でこうしていたから真似をした。違ったか?」

「いや、違わない、大丈夫」

そうか、と静かに頷くとスコールはさっそく生姜焼きを口に運んだ。なんとなく目が離せず見守っていると、彼はハッとした様子で咀嚼を止めた。生姜が合わなかったか、それとも味付けが気に食わなかったのか。太陽がひとりハラハラしていると、スコールはぼそりと呟いた。

「昼間おまえに貰った飯もなかなかだったが、俺はこれが気に入った」

「あ、そう?」

「これはもうないのか」

スコールはおかわりを要求しているのだろうか。だが残念なことに肉類のストックはさっきのもので最後だ。それを伝えるとスコールは「わかった」とあっさり引き下がった。

それからひと口ずつ噛みしめるように食べている姿を見て、太陽は自分の皿に載っていた生姜焼きを半分以上スコールへ渡した。

「おまえにやる」

「これはおまえのぶんでは？」

「俺、夜はあんまり飯食わないんだ。残すの勿体無いし、いいから食えよ」

こくり、と頷きスコールが生姜焼きを頬張る。相変わらず表情は乏しいが、喜んでいるのが伝わってきた。

（狙ってやってるわけじゃないんだろうけど、くっそぉ……）

無心で食べるスコールを見ていると、また幻の犬耳と揺れる尻尾が見えるようだった。

箸を持つ手がぷるぷる震える。どちらかといえば太陽は猫派だった筈なのにこの胸に湧き上がる気持ちはいったいなんなのだろう。

スコールは肉だけじゃなく、米も野菜も綺麗に平らげた。箸を置いたのを見届けて、太陽は言った。

「飯を食い終わったら『ごちそうさま』だろ」

「そうか〝ごちそうさま〟」

「はい、お粗末さまでした」

シンクに皿を運び洗いものをする。スコールに皿でも拭かせるかと振り向くと、床に寝そべる狼の姿が目に入った。今日は力を使ったから消耗したのかもしれない。

ヴィーザルと最初にやりあった晩のことを思い出し、太陽は苦笑した。洗い終わった皿を自分で拭き、スコールのもとへ戻る。くうくう、と寝息を立てている狼を見て胸がきゅう、と苦しくなった。

耳の後ろから背中まで撫でてやりながら太陽はほうと溜息を吐いた。

(俺って犬好きだったんだなあ)

月明かりを浴びた銀色の毛が綺麗だ。飽きるまで撫でてから太陽はシャワーを浴びに浴室へと向かった。

汗を流して戻ってきても、スコールは同じ体勢で眠っている。

(俺も疲れた)

ベッドの中に潜り込む。夢を見る暇もなくその夜は深い眠りに落ちていった。


スコールと連れ立って通学するのも五日目になった。すっかりその存在に慣れきってしまっている自分が怖い。

「奴の気配は感じない」

あたりの気配を油断なく探りながらスコールは言い切った。そのことばに太陽はほっと息を吐く。ただ大学へ通っているだけなのに、毎日心臓に悪い。

ヴィーザルに関しても勿論だが、隣を歩くこの男も十分に悩みの種なのだ。相変わらずスコールはキャンパス内の視線を一身に集めている。

（こいつのせいで、一緒にいる俺まで変に注目されてる気が……）

一年の一学期に悪目立ちしたくなかったと思う。すこし憂鬱な気分で学食へ向かっていると、背後からふいに声をかけられた。

「ごめんなさい、ちょっといいですか？」

振り向くと黒髪ロングのびっくりするような美女が立っていた。上級生だろうか、落ち着いた雰囲気の女性だ。

「はい？」

緊張しつつ答えると、美女はチラと太陽を見てすぐにスコールへと視線を戻した。あんたなんかお呼びじゃないと言わんばかりの態度である。相手がとびきりの美人だったこともあり、太陽は少々落ち込んだ。

隣の色男を軽く肘で突いてやる。スコールは仕方なさそうに反応した。

「なんだ？」

見知らぬ美人は太陽を押しのけるようにして、スコールに迫った。

「私、この大学の写真部なんです。実は今度M大と合同の写真展があって、あなたにモデルを頼みたいなって……」

勇気があるな、と太陽は感心した。確かにスコールは美形で長身でスタイルがいい。モデルをやらせたらぴったりだろう。ぴったりすぎて莫大なギャラを請求されそうだ。

(取り敢えずヴィーザルの罠ではないっぽいよな?)

スコールが眉を寄せて太陽を見る。きっとおまえがなんとかしろ、と思っているのだろう。

助けてやろうとしたところ、ふいに横から肩を掴まれる。見れば知らない男が人懐こい笑顔を浮かべていた。彼もここの学生なのだろうか。

「ねえねえ、君の友達めちゃくちゃイケメンだね」

「へっ?　ええ、まあ」

「いきなりごめんね。俺も彼女と同じ写真部の二年でさあ。どうぞ、よろしく」

髪の色も口調も軽い。上級生の男に話しかけられて太陽は戸惑った。ずっと体育会系で育ってきたせいで年上には逆らいづらい。

「それで、来月合同写真展があってさあ、君の友達にモデルになって欲しいわけ。よかったら君からも説得して貰えないかな？」

　馴れ馴れしく肩を組まれ、ますます困惑してしまう。スコールのほうへ目を向けると、美女に食い下がられて、うんざりしているのを隠してもいなかった。

「あのふたり美男美女でほんっと絵になるよねえ。いやあ、写真撮りたいな〜」

　男の言うとおりスコールと美女が一緒にいると、ドラマか雑誌の撮影のようだった。美女の華奢な指が逞しい胸元にそっと這わされる。

　潤んだ瞳は、ひたむきにスコールを見つめていた。

（……なんか、嫌だ）

　ふいに胸の奥がぞわりとする。スコールたちの様子を見ていたくなくて太陽は我知らず眉を顰めていた。

「あれ、君なんかつけてる？　いい匂いだね」

　すんすんと首筋に男の鼻息が当たり、太陽は思わず息を詰めた。スコールたちに気を取られていたせいで、男が顔を寄せてきたことに気づかなかった。

　慌ててその場から半歩下がるが、それ以上に男がこちらに近寄ってくる。ほとんど抱きつかれる格好になって太陽は身を捩らせた。

「あの、ちょっと近いっす」

「なんか脳みそグラグラするんだけど。はあ……堪んない、すごくいい匂い」

まさかまた発情してしまったのだろうか。スコールの魔力が馴染んできたから、もう大丈夫かと思っていたのに。

離れようともがいたら、そんな太陽を逃すまいと相手が腕に力をこめて阻んできた。駐車場で男たちにレイプされかけた記憶が甦る。

おぞましさに太陽が身を震わせたその時だった。

「その手を離せ――」

冷たい声が鼓膜を震わせる。男の腕から逃れられたと思ったら、太陽はスコールの腕の中にいた。美女がぽかんとした顔でこちらを見ている。

スコールは写真部のふたりを冷ややかに睥睨した。

「邪魔だ、とっとと失せろ」

スコールの剣幕に、男は美女を連れて駆け出した。その場からすっかりふたりの背が見えなくなった頃、太陽は両手で顔を覆った。

「おまえの魔力、まだ馴染まないのか？　俺、また変な匂い出しちゃってたみたいなんだけど」

その覆った両手の隙間から、隣の男を盗み見る。太陽の視線に気づいたスコールは力強く頷いてみせた。

「あの雌が俺にちょっかいをかけたせいで匂い（フェロモン）が漏れたようだ。俺に『余所見をするな』と訴えるためだな」

「えっ」

「番としての防衛本能だ。魔力はちゃんと馴染んでいるから心配しなくていい」

要するに、あの美女に嫉妬した太陽は、スコールを自分のほうに振り向かせたくてフェロモンを大放出してしまったらしい。

「俺が見ているのはおまえだけだ」

「は？　何言って……ッ」

声が完全にうわずっている。

太陽とスコールは番だが、ヴィーザルの追っ手から逃れるために契約しただけで、そこに恋愛感情なんてなかった筈だった。

（嘘だろ……俺、彼女に嫉妬した？）

否定したくて太陽は首を左右に振る。確かにスコールとは何度かセックスをしたが、発情したから処理をしただけだ。

（スコールの奴はどうか知らないけど、俺は違う。……違う）

すっかり混乱した太陽がその場で立ち尽くしていると、スコールが顔を覗き込んできた。至近距離で目と目が合う。表情はほとんど動いていないが、その眼差しはどこまでも優しかった。

「どうした?」

低く甘やかな囁きに、胸がぎゅうっと苦しくなる。耐えきれずスコールの広い胸に顔を埋めると、宥めるように後頭部を撫でられた。

(なんだこれ、死にそう……)

ヴィーザルに殺される前に、魔狼に心臓を止められるのではないか。太陽は半ば本気で思った。

# VI

ルーン魔術の習得は困難で、今のところ何の成果も得られていない。

スコールが言うには太陽の住む『こちら』側と、スコールやヴィーザルが住む『あちら』側とでは法則のようなものが違うらしい。

「俺たちの力は、本来ならばこちら側で使うべきものじゃない。神であるヴィーザルだろうとそれは同じだ」

力を使い深い眠りにつくスコールの姿を太陽も何度か見かけている。それだけ消耗が激しいのだろう。

「ヴィーザルが本来の力をすべて解放すればこの世界に歪みが生じる。勿論その時はヴィーザル自身も無事では済まないがな」

「要するに俺の努力は無駄だって言いたいのか？」

畳の上でレポート用紙いっぱいにルーン文字の練習をしていた太陽は、スコールを横目で睨みつけた。

彼のオンボロアパートにいるのは自分の部屋だと気が散ってしまうからだ。最低限の生活用品さえないこの部屋では集中するしかない。

スコールは答えなかったが、既にそれが肯定を意味しているのだろう。ごろん、と畳の上に転がって太陽は首を仰け反らせた。さかしまになった視界に、カーテンのない窓から夕焼けの空が飛び込んでくる。

いい加減首に限界がきたので太陽は半身を起こした。窓に凭れ外を眺める端整な横顔が目に入る。

これだけ一緒にいてもなお、ハッとするような光景だった。白銀の髪が夕陽に透け、滑らかな褐色の肌が光に溶け込む。視線に気がついたのか、スコールはちらりとこちらを向き淡く微笑んだ。

(あ……笑った)

思いがけないスコールの表情に、太陽は見惚れた。それはほんの一瞬のことで、すぐにいつもの無表情に戻ってしまった。もっと見ていたかったのにと素直に思う。

スコールにあんな優しい顔ができるなんて、想像したこともなかった。もしも太陽が女性だったら、一発で恋に落ちただろう。

(……って、何考えてんだ俺は)

気分を変えたくて太陽は口を開いた。

「そういえば、どうしてこの部屋を拠点にしてるんだ？」

　太陽を見張るにしても、ルーンを使えばここよりもっといい部屋で暮らせるのではないだろうか。狼に人の住処など必要ないのかもしれないが、太陽は気になった。

　外敵なしと見なしたのか、スコールが太陽に向き直る。

「ここはおまえの住処に近いからな」

　太陽はことばの続きを待った。だがスコールは口を閉じたままだ。

「それだけ？　うちに近いってだけで敢えてこの部屋にしたのか？　でも他に近いマンションだってアパートだっていくらでもあるだろ」

　太陽のことばにスコールは首を傾げた。

「ここはもう長いこと人間が住んでいない。人が頻繁に出入りするような場所は避けたかったからな」

　つまり不法侵入になるわけだが、狼なので仕方ないかと納得する。別に部屋を荒らしているわけでなし。そもそも魔狼は住民票を取れないだろう。

（俺がここにいるほうが問題だろうな）

　どうせなので、気になっていたことを訊いてみることにする。

「前に俺に肉を食わしてくれたことあっただろ。あれってどうやって手に入れたんだ？

まさかルーンで金を作ったりとか……」

もしそんなことができるなら億万長者になれてしまう。太陽がよからぬことを考えている横で、スコールは首を左右に振った。

「無から有を生じさせるのは、たとえ神であろうと難しい」

安心したようながっかりしたような複雑な気持ちだ。少々やる気をなくした太陽はルーン文字ではなく適当な落書きを始めた。

スコールがさらにつけ加える。

「金が必要な時は写真……とやらを撮らせて稼いでいる。相手の言うとおりに動いたり止まったりすると金をくれるのだが、人間というものは不思議なものだな」

ペンを握る指に力が入りすぎて、レポート用紙を破ってしまう。

「写真？　写真を撮らせて金を？　えっ、おまえ本当にモデルだったのか？　待て待て、まさかヌードじゃないよな？」

まさかそのせいで大学で声をかけられたとき嫌な顔をしたのだろうか。ひとり気を揉む太陽をよそに、スコールはあっさりそれを否定した。

「一応服は着ていたぞ」

一応ということばが不穏すぎる。しかし、このぶんでは本人に訊いても、よくわかっていないだろう。太陽は突っ込むのを早々に諦めた。

　夕飯を作るため、太陽のマンションへと移動する。今日はコンビニのバイトは休みだ。

五分ほどの道すがらスコールが訊ねてきた。

「夕飯はなんだ？」

「唐揚げの予定だけど」

「そうか」

　力強く頷かれ、太陽は笑いを噛み殺した。

　この数日で判明したが、肉と魚では肉料理のほうが断然食いつきがいい。魚でも文句を
言われるわけではないのだが、肉料理に無言で喜ぶスコールを見ていると、つい甘やかし
たくなってしまう。

（まあこいつには何度も助けられてるしな……）

　自炊なんて面倒なだけだと思っていたが、食べてくれる人間がいると張り合いが出ると
いうものだ。この場合人ではなく狼であったが同じことだろう。

　唐揚げは市販の唐揚げ粉を使った手抜きの品だったが、スコールは喜んで平らげた。

　食べ終わった皿をシンクへ下げていると、スコールが手伝ってくれた。そして洗い物を
する太陽の背後に何故かぴったり寄り添ってきた。

「なんだよ、座っていいぞ。それとも風呂に入るか？」

「何か手伝うことはあるか」

皿拭きぐらい頼もうか、と考えて太陽は己の考えを却下した。皿を割られでもしたら余計に手間が増えそうだ。

「いいからあっちへ……ッ」

腰に腕が回ってきて、身動きを封じられたところで髪に顔を埋められる。

「な、なんだよ。汗いっぱいかいてるんだから止めろって」

「ああ、いい匂いだ。気に入っている」

戯(たわむ)れるようにうなじに軽く口づけられる。最初に噛まれた記憶が蘇り、腰の奥にじわりと熱がこもった。

最後にスコールと抱き合ったのは、一週間近く前だ。もう充分スコールの魔力は馴染んだため、彼と性交しなければならない理由はない。そう、ないのだ。

（でも別に……どうしても嫌だってわけじゃねーし）

スコールとはもう何度もセックスをしているのだ。今さら勿体ぶっても仕方がない。

息を弾ませながら太陽は肩越しにスコールを振り向いた。

「これ終わったら、好きにしていいから待ッ……!?」

思わず声が引っ繰り返る。目の前のスコールにしがみつきながら、太陽はわあと悲鳴を上げた。太陽の様子を見て、スコールもベッドのほうへ視線を向ける。

　そこに見知らぬ青年がいた。

「ハティか」

「『ハティか』じゃねーよ。俺様のことを喚びつけておいてイチャイチャしてんじゃねーぞ！　一族の長を使いっ走りにしやがって」

　ハティと呼ばれた青年は、短い黒髪をツンツンに逆立て、黒いTシャツに黒いパンツ、ごつい指輪と同じブランドらしいバングル、ベルトチェーンをつけている。

　白皙の肌、金色の瞳、スコールと同じかそれ以上の長身、寒気がするような美貌。どう見ても人間だとは思えなかった。スコールと親しいところを見ると、彼もまた狼なのだろうか。

　そのとき太陽は気がついた。

「ハティって……確か、月を追いかけてたっていうあの〝ハティ〟か」

　ハティは太陽へ鋭い視線を向けた。

「人間ごときが気安くその名を呼ぶんじゃねえよ。俺のことは魔狼王マーナガルム様、もしくはハティ＝フローズヴィトニルソン様と呼べ」

顎を反らし、傲岸にこちらを見下ろす。そんなハティを無視し太陽はスコールに言った。

「おい、スコール説明しろ。ここは俺の家なんだぞ。勝手に変なヤツを呼ぶな」

「魔狼王に対して変なヤツだと!? 噛み殺すぞこのクソガキ!」

背後で喚くハティを綺麗に無視して、スコールは太陽の瞳をじっと見つめた。

「ヴィーザルの拠点を見つけた。三日後、こちらから襲撃するつもりだ。ハティにはそのあいだおまえの護衛を頼むつもりだ。」

「護衛ってこいつが? 大丈夫なのかよ」

「ハティは我が一族の長だ。おまえを任せられる者は他にいない」

「……ヴィーザルのところへ行くのか」

つい縋るような口調になる。あの化け物とふたたび対峙することを思うとこころが冷えた。

ハティがチッと舌打ちをする。口を開く者は誰もおらず、部屋の中に静寂が落ちた。空気がピリピリと張り詰めてゆく。

こんな奴が護衛で大丈夫なのか。自分のことは放っておいてふたり、もとい二匹で倒しに行ったほうがいいのではないか。なにしろ相手は神であり『フェンリル殺し』なのだ。

「居場所がわかってるなら、今すぐ倒しに行けばいいだろ。早くしないとせっかく負った

傷だって治っちゃうだろうし」

　は、とハティが鼻で嗤った。ほとんど表情が変わらないスコールとは正反対だ。

「いいかあいつは腐っても神なんだ。しかも親父を殺すほどの力を持っていやがる野郎だぞ。いくらスコールが俺に次ぐ実力者だって言ったって、まともにやって勝てるわけないだろ」

「そ、そうなのか？　でもスコールはヴィーザルに傷を負わせたんだろ」

　ハティのことばを否定して欲しくて太陽はスコールに詰め寄った。

「前回ヴィーザルは人間に憑依していた。大きな術を使っている最中に不意打ちを食らわせたことが大きい」

　ハティが面倒臭そうに補足する。

「神を舐めるなクソガキ。ヴィーザルがその気になりゃ、この街どころかこの国ごと吹っ飛ばすことだってできる。そうしないのは、ヤツなりに人間のことを気にかけているからだ」

「なんだよそれ……」

　それが神々の戦いというものなのか。あまりにもスケールが大きすぎて人間の太陽にはピンとこない。ハティが犬歯を剥き出しにして言った。

「ヴィーザルの狙いはおまえだぞ。なーに呑気なことをほざいてやがる。どうせスコールの野郎がずぶずぶに甘やかしてんだろうが。見たところ魔力もたっぷり馴染んでるみたいだしなあ？」

あからさまに含みのあることばだ。スコールの力を馴染ませるために、どんな行為をしているのか知っていてからかっているのだろう。カッと顔が熱くなる。自分の家じゃなければ今すぐ逃げ出していただろう。

ハティがさらに言い募ろうとするのをスコールは手で制した。

「俺がヴィーザルを倒せば済む話だ」

ハティは呆れ顔で肩を竦めた。一応スコールには従うようだ。だがやはり太陽のことは気に食わないらしく、忌々しげに睨みつけてくる。

(ほんっとムカつく野郎だな。俺がいったい何をしたってんだよ！)

ヴィーザルとスコールの揉め事に巻き込まれ、一方的に迷惑をかけられているのはこちらのほうだ。だが今は仲間割れをしている場合じゃない。――ハティが太陽のことを仲間と思っているかは謎だが。

気を取り直し太陽は言った。

「まあいい、話を戻すぞ。どうして三日後に襲撃なんだ？　何か勝算があるのか」

スコールはハティを見た。ふん、と鼻を鳴らしハティは指を踊らせる。ルーン文字だとわかったが、意味までは不明だ。

「『エイワズ』『パース』『アルジズ』、それぞれ防御、秘密、保護のルーンだ」

スコールがすかさず教えてくれる。何やら厳重に保管されているらしいことだけはわかった。

ハティの掌の上に燐光を発する球体が浮かび上がる。太陽を見て狼は不敵に嗤った。

「そしてこれがかの有名な〝グレイプニル〟」

さきほど読んだ本を思い返す。フェンリルの項目はほとんど流し読みだったが、グレイプニルということばに覚えがあった。

伝説の武器か何かなのだろうか。戸惑う太陽にスコールが説明してくれる。

「ロキとアングルボザの子にしてヨルムンガンドとヘルの兄、我らが太祖フェンリルを封じた魔紐グレイプニルだ。たとえ神だろうとこれで捕縛すれば逃れられない。ラグナロクの際に破損したものを修復しているが、完了するまであと三日ほどかかる」

スコールのことばを受け、ハティは高らかに告げた。

「ふん、この魔狼王ハティ様の高貴で貴重な魔力をたっぷり編み込んでやってるんだ！このグレイプニルさえありゃ、ヴィーザルだろうがヴァーリだろうが一網打尽よ。感謝に噎び泣き、俺の足元に跪きやがれ！」

　そうだな、とスコールが隣で頷く。ふたりのテンションの差が凄いのだが、気にしているのは太陽だけのようだ。

　スコールが思案顔で呟いた。

「向こうがグングニルでも持ち出さなければまず負けないだろう」

「妙なフラグを立てんじゃねえ。グングニルなんて持ち出してきた日にはこの国どころか、もう二つ、三つ国ごと消し飛ぶぞ」

　グングニル。北欧神話の最高神であるオーディンが所持していた魔槍で、必ず敵を射て持ち主のもとへ戻ってくるという逸話を持っている。ゲームにもよく登場する有名な武器だ。ヴィーザルはそのオーディンの息子である。グングニルを引き継いでいる可能性が高い。

　スコールは軽くかぶりを振った。

「ラグナロク以降あの厄介な槍を見かけた者はいない。心配するな」

「おまえたちのグレイプニル……だっけか、そいつが現存するってことはグングニルだってあるかもしれないだろ」

　太陽の懸念にスコールとハティが揃って押し黙る。自分で言っておいてなんだが、そこはしっかり否定して欲しかった。

　不安は募るばかりだが、ここで太陽が気にかけたところでどうしようもない。ハティはグレイプニルを引っ込めた。

「取り敢えず俺は行くぞ。三日後またここへ来る」

　目の前でルーンを描くと、次の瞬間ハティの姿は消えていた。まったく嵐のような男だった。

（男じゃなくて狼か）

　とにかく、これですべての決着がつく。ヴィーザルに命を狙われることもなくなり、スコールとの番も解消して貰えるのだ。

（こいつが、ヴィーザルに勝てればの話だよな）

　不安が顔に表れていたのか、スコールに頬を撫でられる。太陽はその手を払い握り締めた。

「勝てよ絶対」

「この命に懸けて、必ず」

　銀色の瞳は揺るがない。まるで闇夜に浮かぶ冴えた月の光みたいだ。何度見ても慣れることなく、見るたびにハッとしてしまう。太陽はそれが悔しかった。

もうすぐスコールは太陽の前から姿を消す。そうなった時、この瞳が見れなくなるのだけはすこし惜しいと思った。

（くそ、これだから顔がいいヤツは……。俺は惑わされないんだからな）

シャワーを浴び、部屋に戻るとスコールは狼の姿になっていた。太陽に気づいてスコールがこちらを振り返る。月明かりに照らされて、白銀の毛がまるでけぶるようだった。

スコールの正面に腰を下ろす。風呂上がりの火照った肌にフローリングの冷たさが心地よい。

綺麗な獣だ。月の光に照らされた姿は神秘的で、なんだか触れがたかった。

「なあ……撫でていいか？」

狼の姿の時スコールはほとんど声を出さない。鼻面で首のあたりをくすぐられたのを了承と受け取った。

頭頂部から首にかけて何度か撫でつけたあと、太陽は思い切ってその首に抱きついた。喉から胸にかけてボリュームたっぷりの毛に顔を埋める。獣臭さをほとんど感じないのは魔狼だからか。

（あー、もっふもふ）

しっかり堪能してから太陽はスコールを離してやった。彼は今、いったい何を考えているのだろう。人間の時も表情が分かりづらいが、狼のときは完全にお手上げだ。

透き通った銀色の瞳に何もかも見透かされてしまいそうだと思う。

太陽の気が済んだことを察したのか、スコールはその場で身を伏せた。そのまま静かに目を閉じたのを見て、太陽は明かりを消しに立ちあがる。

(えっと……しないのかな?)

ベッドに潜り込みながら、太陽は赤面した。なんだか期待していたみたいではないか。そんな自分がはしたないと思う。

だがハティが現れるまでは、明らかにそんな流れだった。

(くっそ〜。俺だってゆっくり眠りたいんだっての)

なんとなく釈然としない思いを飲み込み太陽はぎゅっと目を閉じた。実際ベッドに横になると急激な眠気に襲われる。太陽はまもなく意識を手放した。

(――)

夢の断片が太陽の上を次々と通り過ぎる。

満天の星空、世界の終わりのように次々と星が流れてゆく。水のせせらぎと葉擦れの音。降り注ぐ雨と土の匂い。焼けた大地と陽炎。

これはきっと他人の記憶だ。太陽は直感でそう思った。感覚的には映画やドラマを見ているのに近い。

ある時は遊牧民の少女、ある時は兵士、城下町の物売り、鉱夫、小作人。人種、性別、職業、なにひとつ一貫性がない。生まれてすぐ流感で亡くなる赤子の記憶もあった。

それればかりか人間以外の獣だったり、虫だったり、ある時は植物の記憶なんてものまで覗き見た。

それぞれの記憶に共通点がないかと思いきや、ただひとつ――銀色の狼がいつも傍で見守っていた。

また何者かの記憶を見る。

空が赤々と燃えていた。大規模な山火事だ。青々と茂っていた木も草も花も獣や虫たちも、すべてが炎に飲まれてゆく。恐ろしい火の手が迫りこようとも、それは逃げようとしなかった。

違う。もともと『逃げる』という概念さえ持っていない。一本の若木の記憶だ。

パチパチと根元が爆ぜる音を聞きながら、若木はただ己の運命を受容する。悲しみも喜びもそこにはないのだ。その時だった。

どこからともなく銀の狼が現れて、今まさに燃え上がる幹のそばに来て、その身を伏せた。

(何故逃げないんだ?)

若木の記憶に太陽の意識が微かに混ざっている。だから疑問を抱いた。おまえの足ならどこへだって行けるだろうに。

美しい毛並みに火が燃え移る。苦痛を感じていないわけじゃないのは、獣の唸り声から明らかだった。

(どうしたんだよ。早く行けよ!)

狼は首を擡(もた)げると、すりと若木の幹に頭を擦りつけた。炎はますます勢いを増してゆく。小雨が降ったが火を鎮めるほどのものではない。

毛が燃えて肉が焦げる。それでも狼はまだ息があるようだった。

(何をしてる! 〝俺〟に構わず早く逃げろ!)

見ていられなくて声が出ないのに必死に叫んだ。


夢と現実が混ざっているようで、太陽は一瞬混乱した。枕が冷たい。涎でも垂らしたかと思ったが、目尻が濡れていることに気づく。どうやら夢を見て泣いたらしい。なんの夢を見ていたのだったか。思い出せそうで、遠い。

太陽はベッドの上に半身を起こした。

昨夜はカーテンを半分閉め忘れたようで、ベランダの窓から土砂降りの空が見えた。

「スコール？」

呼ぶと狼の姿のスコールがベッドの下まで来てくれる。思い切り撫で回してから、中身はあのスコールなのだと思い出した。

「あっと、悪い」

特に気にかけた様子もなく、スコールは窓のほうへと移動する。何故人間の姿にならないのだろうか。不思議に思いながら、シャワーで軽く汗を流す。

服を着て支度を整えたところで、スコールが立ち上がった。

「一緒に来るのか？　えっと……その格好で」

肯定するようにスコールが僅かに頭を下げる。頷いているつもりなのだろう。

「今日はこれからバイトだけど、狼なんか現れたら駅前がパニックになるぞ」

言ってからスコールもまさかこの状態で姿を現わすつもりがないことに気がついた。以前そうしていたように、遠くから太陽のことを見守るつもりなのだろうか。

「おまえ人間に戻れないわけじゃないんだよな？」

スコールが頷く。それならきっと考えがあってこの姿なのだろう。太陽は己を納得させせると、スマホで現在の時刻を確認した。もう家を出なければまずい時間だ。

「それじゃあな、スコール」

太陽が声をかけると、既にスコールはベランダへと足を向けていた。器用に鼻先で窓を開け太陽の様子を窺っている。感心している場合じゃないと、太陽も慌てて家を出た。

エントランスを出ると、朝確認した時よりも雨脚は弱まっていた。傘を差し駅までの道を急ぐ。

嫌な天気だ。雨雲は空を覆い尽くし、空気までじっとりと重たい。太陽はちいさく息を吐いた。

まだ寝ぼけているのだろうか。なんだか今日は頭が重かった。

コンビニで店長から常備薬の痛み止めを貰い、なんとか一日乗り切る。バイトを終えて帰宅をしてもスコールは姿を見せなかった。

寝て起きると昨夜の頭痛はかなりマシになっていた。

(せっかく久々にバイトなしの日曜日なのに……)

これではどこにも出かける気にならない。結局その日は昼寝をしたりして、だらだら過ごして終わってしまった。

月曜日になってもスコールは現れない。

（何やってんだよ、あいつ）

姿を消すなら消すで、ひと言でいいから残して欲しかった。

大学へ行くのにいつもの電車に乗ると空いている席を見つけたので、腰を下ろしてデイパックから本を取り出す。色々借りた本もこれが最後の一冊だ。また新しく借り直さなければと思う。

つい夢中になってしまい、降車駅をあやうく乗り過ごしてしまうところだった。

ホームに降りて改札に向かう途中、いきなり肩を掴まれる。ぎょっとして振り向くと横田だった。

「おはよう、相馬」

「おう横田。この前は迷惑かけて悪かったな」

「俺とおまえの仲じゃん、気にするなって。それより今日はあのすごいイケメンと一緒じゃないのか。どこであんなのと知り合ってくるわけ？」

つい先日おまえに話した不審者だ、と言ったらどんな顔をするだろう。太陽は無難に答えた。

「俺のバイト先にたまに来てて、そんで知り合った。詳しくは俺もあんまり知らない」

「えー、何やってる人？　やっぱモデルとか？」

「さあ、どうかな」

横田の目がギラギラしているのは、モデル繋がりで合コンでも狙っているからだろう。さりげなく躱そうとする太陽に対し、横田は意味ありげな顔をした。

気づかない振りで太陽は自販機を指差した。

「悪い、そこで水買っていいか？」

さりげなく、友人から一度離れる。スコールのことを突っ込んで訊かれると少々厄介だ。とにかくあまり知らないから、と誤魔化すしかない。

（あいつのことよく知らないってのは本当のことだし）

何くわぬ顔でミネラルウォーターを飲む太陽を、横田がチラ見してくる。なんだよ、と視線を向けると彼は言った。

「あのひとって、おまえの彼氏？」

横田の爆弾発言のせいで、口に含んでいた水を噴き出してしまう。太陽が咳き込んでいるとトントンと背中を叩いてくれた。

「ッ、彼氏じゃねーよ」

苦しい息の合間に訂正したものの、横田はあまり信じていないような顔つきだ。駅の外へ出て、傘を広げながら太陽は言った。

「あのなあ……あいつのことなんか名前くらいしか知らねーし。そもそも俺が欲しいのは彼氏じゃなくて彼女だから。なんでそんなふうに思ったんだよ」

「いやあ、だって相馬氏、最近ますますエロいんだもん」

開いた口が塞がらないとはこのことだ。太陽は思い切り呆れた顔をしてやった。

「彼女できなさすぎてとうとう頭がおかしくなったのか」

「なってませーん！」

馬鹿な話をしているうちに大学に着いていた。一限は必修なので横田と一緒に講義室へと向かう。中へ入ると先に来ていた里塚が手を振ってきた。

「里塚おまえー。このまえ俺と目が合ったのに無視しただろ」

ショックだったんだぞ、と太陽が突っ込むと里塚は「ああ」と悪びれず頷いた。

「隣になんか凄いのがいたからな。おまえ、いったいどういう経緯であああいうのと知り合うわけ？」

黒縁眼鏡を指でくいっと押し上げながら、里塚が続ける。横田が隣で笑った。

「うは、俺と同じこと訊いてるし」

「そりゃ、訊きたくもなるだろ。俺たちと住んでる世界が違うからな。接点なさすぎ」

太陽はぽりぽり、と頭をかいた。スコールはあんな見た目だが、話せば意外と素直な奴で、住んでるところはぼろアパート、牛丼や生姜焼きで感動するお手軽な男だ。いや狼だった。

「おまえたちが思ってるより全然フツーの奴だぞ」

「身長百九十だか二メートルだかの時点で普通じゃない。身体の半分くらい足だったし、あそこまでいくと引くわ。引くっていうかもう怖い、イケメン怖い」

「なんだよ、それ」

スコールがなにやら彼のコンプレックスを刺激してしまったのはよくわかる。太陽だってできればスコールの隣に立ちたくないくらいだ。

だが怖いとまで言われると言い返したくなってくる。口を開こうとしたところで講師が入室して会話が途切れた。

講義室のざわめきが収まるのを待ちながら、太陽は窓の外へ視線を向ける。

（なんか俺、結構絆されてないか……？）

よくない兆候だ。太陽はちいさくため息を吐いた。

里塚や横田の言うとおりだ。スコールとは生きる世界が違う。ヴィーザルを倒せば彼は太陽のもとから姿を消すと言っていた。

太陽はパンツのポケットに手を突っ込み、中から石を取り出した。スコールから貰ったルーン石だ。改めて眺めてもただの石にしか見えない。

（そういえばあいつ、今もどっかで俺のこと見てるのかな？）

石は太陽の掌にちょうどよく収まった。

講義の内容がなんだか頭に入らない。あとで友人に泣きつこうと考えながら、太陽は今だけ考えることを放棄した。


狼の姿で別れた日から三日が経った。あの朝以来スコールの姿を見ていない。

今日はヴィーザルと戦うと言っていた日だった。

最後に顔くらい見せに来るかと思ったが、そろそろ日付が変わる時刻になっても彼は姿を現さなかった。ベッドに転がり太陽は天井のクロスを睨みつける。

スコールはひとりで戦いに行ってしまったのだ。

（別に……どうしても会いたかったわけじゃないけど。ただあいつがヴィーザルとどうなっているか気になってるだけで……別に心配とかしてるわけじゃないし）

いったい誰に対する言い訳なのだろう。太陽は唇を噛み締めた。

（そもそもただの人間の俺が心配してどうする）

薄情な魔狼のことなど放っておいて、今は自分の身の安全を考えるべきだ。万が一スコールが倒されたら、ヴィーザルは太陽を殺しに来るだろう。

太陽はのろのろ立ち上がり、ローテーブルに積んでいた本から一冊を選び取った。ベッドに寝転がりページを開く。

それはスコールが太陽のために選んでくれたルーン魔術の本だった。もう幾つかの文字は空でも書ける。だが紙に書いてもスコールに倣って宙に描いても何も起こらない。

期待していたわけでもないのに、口から漏れる息は重かった。

ジーンズのポケットに入れっぱなしの石を取り出し、蛍光灯に透かして見る。ぽん、と宙に放り投げ太陽は低く呟いた。

「アルシズ」

石がベッドに落ちるのと同時、ぽん、と音がして人の影が降ってくる。太陽は悲鳴を上げるのも忘れ、現れた相手を凝視した。

黒髪の男は部屋の中央で胡座をかくと、ピンと片眉を跳ね上げた。

「黙って見てりゃてめーやる気あんのか、コラ！　いいかルーン魔術に詠唱は不要だ！」

誰かと思えばハティだった。

黙っていればスコールと並ぶほどの美形だが、如何せん口が悪すぎる。何の用だと言おうとして太陽はハッと気がついた。

スコールがヴィーザルと戦う時、この男に太陽の護衛を頼むと言っていた。

「スコールは、今ヴィーザルと戦っているのか」

ハティがフン、と鼻を鳴らす。そのまま黙っていたので答えるつもりがないのかと思いきや、やがて彼は口を開いた。

「まだだ。が、もうそろそろ始まる頃合いだな。日暮れとともに襲うと言っていた」

「そう、なのか」

ハティが意地の悪い笑みを浮かべる。

「人間ごときがあいつの心配するなんておこがましーんだよ」

太陽はハティのことはよく知らない。だが彼が人を煽る天才であることはもう気づいていた。表情といい言い方といい、煽りまくりだ。

「別に心配なんてしてねーよ。あんな、殺したって絶対に死にそうもないヤツ」

「冷てーなあ。大事な番の片割れなのによぉ」

ニヤニヤしながら言われて太陽は思わず舌打ちした。ハティが下卑た笑みを浮かべてみせる。

「あいつのくっそデカイからなあ。出す量だっておまえらとは桁違いだろ。アレに慣れちまったら、もう女を抱いても満足できないんじゃねーか？」

下の関係をからかわれたことより、何故そんなことをハティが知っているのかのほうが気になった。

「……あんた、スコールと寝たことがあるのか？」

太陽のことばにハティがぶっと噴き出した。

「なななな、あ、あるわけねーだろ！」

吃るところがなんともあやしい。太陽は目を据わらせた。

「だったらなんで、あいつのがデカイとか量が凄いとか知ってるんだ」

「そりゃ、俺たちが同じ魔狼だからだ！　人間と比べりゃブツはデカイし量も多いに決まってんだろ！」

「なんだ。どっちがどっちに突っ込んでるのか聞きたかったのに」

ふんと鼻を鳴らすとハティの唇がわなわな震えだした。

「こんのクソガキ……ッ、てめえがスコールの番じゃなけりゃ犯り殺してやるのに」

ふと、太陽は気になった。ハティのことばの端々から番に関してかなり尊重している節が見られる。

スコールとは行きがかり上番になったため、その制度について深く考えたことがなかった。

簡単に番になったりその関係を解消できるものかと思っていたが――。

「なあ」

「ああ？　またくだらねーこと言ったら、ケツに拳ぶち込むぞ！」

苛立ちを隠しもせずハティが噛みついてくる。

「番ってのは、どうやって解消するんだ？」

「はっ、馬鹿か。んなもんできねーよ」

心底バカにした口調でハティが続ける。

「できるとしたら相手が死んだ時だけだ。番は一度しか選べない。おまえが死んだらあいつは生涯誰とも番えないってわけだ」

「え？」

呆然とする太陽を見て、ハティが怪訝な顔をする。雑なようでいてそれなりに目端が利くらしい。

「何故そんなことを訊く？　番になる時、あいつから説明されたんじゃないのか」

「聞いてない。だってスコールは俺に……」

ハティは急かすことなくこちらの様子を窺っている。太陽はこくんと喉を鳴らした。

「ヴィーザルを倒したら、番を解消してやるって言ったんだ……」

ハティが両目を見開いた。悪態を吐くかと思いきや、彼は両手で後ろ髪をかき乱した。しばらく頭を抱えていたが、やがて「あのバカ」とぼそりと呟いた。

「神だ、魔狼だって言ったって、所詮俺たちは過去の遺物なんだよ。今の世を謳歌(おうか)しているのはおまえたち人間だ。ここに俺たちの生きる場所なんかない」

ハティは僅かに苦笑した。

「ラグナロクとともに俺たちの時代も終わったんだ。ヴィーザル、ヴァーリ、マグニたち生き残った神々も普段はずっと『イザヴェル』で眠ってる」

あれから色々調べたので太陽にもすこしはわかる。もともと九つに分かれていた彼らの世界は、スルトという巨人の炎ですべて焼き尽くされてしまった。イザヴェルとはラグナロク後にできた神の住む国の名だ。

「俺たちにこっちの世界の水は合わない。長く留まればそれだけ寿命が削られる」

「スコールは……」

どうしても訊かずにいられなかった。ハティがうんざりした顔で答える。

「あの大馬鹿野郎はおまえの魂(ソル)を追いかけ続けた結果、ずいぶん磨り減っちまった。俺たち魔狼は神々と力も寿命も互角だ。それが、今のあいつときたら出し殻みたいになっちまって……」

衝撃にことばも出なかった。まさかスコールがそこまで消耗していたなんて、太陽はまったく知らなかった。

スコールが言ってくれなかったのだから、気づけるわけがない。

人間である太陽に本当のことを告げたところで仕方がないとでも思っていたのだろうか。

ハティは肩を竦めてみせた。

「昔のあいつは俺より力が強かった。だが奴はおまえの尻を追いかけるため俺に長の座を押しつけたのさ。一族の誰よりも力があったのにアホなヤツだ」

他人の口からスコールの執着を聞かされると、妙に気恥ずかしかった。

魔狼の寿命は神々と同じ――それを完全にすり減らしてしまうほどスコールは太陽(ソル)を追いかけたのだという。

「だが今のあいつはもう違う。スコールの奴がヴィーザルとやり合えば勝つにせよ負けるにせよ無事では済まないだろう。下手すりゃ魂ごと消滅しちまうかもな。ここ数日は『あっちの世界』で力を蓄えていたようだが……まあ正直言って焼け石に水だ」

「そんな……」

心臓の音が煩(うるさ)い。追いかけてくれなんて誰も頼んでいない。スコールが勝手にやっていたことで太陽が罪悪感を覚えるいわれなど何ひとつないのだ。

第一自分の生まれる前の話まで、どうやって責任を取ればいいのか。

「――三千年だぞ」

「なに……」

「あの野郎は三千年のあいだおまえの魂を追いかけ続けている」

それが途方もない莫大な時間だということは頭では理解できる。だが太陽にはまるで実感が湧かなかった。前世の記憶なんて太陽にはない。

そうだ、そんな記憶はない筈だ。

（スコール）

幾百幾年、生まれ変わって死ぬたびに、スコールは自分のもとに訪れる。もしもそれが本当ならば、すべてを忘れたとしてもこの魂には刻み込まれているのではないか。

たとえ確かめるすべがないとしても、そうであると信じたい。太陽はぎゅっと拳を握りしめた。

（もう一度あいつに会わなきゃ）

スコールは、ヴィーザルとの戦いが終われば番を解消するとはっきり言った。

（ヴィーザルと戦って……死ぬつもりだったから？）

スコールに番を解消できると聞いて太陽は手放しで喜んだ。そのときスコールはいったい何を思っただろう。

（俺を見守るのが、幸せだって言った。死んだら見ることだってできないのに……！）

居ても立ってもいられず、太陽はハティに詰め寄った。

「あんた、助けに行かないのか。スコールは大事な仲間なんだろ！」

ハティは無言でかぶりを振った。歪んだ笑みはもう浮かべていない。

「ちいさな狼どもは群れで狩りをするようだが、そいつは俺たちの流儀じゃない。それにな、こう見えても俺は一族の長だ。スコールの奴一匹のために投げ出すほど安い命じゃねーんだよ。ここでおまえを護ってやるのだってギリギリなんだぞ」

太陽は奥歯を噛み締めた。確かに長に何かあれば、一族の存亡に関わってくるのかもしれない。神々でさえラグナロクを生き残った者は少数なのだ。

無性に喉が渇いて仕方がなかった。今、こうしている瞬間もスコールの力が尽きてしまうのではないか。

（――嫌だ）

あの綺麗な獣にもう二度と会えないなんて嫌だ。あの白銀の瞳が、低い声が永遠に喪（うしな）われるなんて許せない。

太陽は意を決しハティを睨んだ。金色の瞳がじっとこちらを見返してくる。さすがスコールの同族だけあって、黙っていると恐ろしいほどの美貌だ。つい気後れする己を叱咤（しった）し、太陽は言った。

「頼みがあるんだ」

ハティは興味がなさそうにそっぽを向いている。唇を噛み、逡巡したのは一瞬だった。太陽はその場に跪いた。

この不遜な男にこんな真似をしたところで無駄かも知れない。だが今は自分の体裁に構っている場合じゃない。床に額を擦りつける。

「頼むから……どうかお願いします。スコールのこと、助けてください。助けて」

頬に血が集まるのがわかる。心底気に入らない奴だがすくなくとも太陽より力があるのは確かだ。太陽では足手まといになりこそすれ、スコールを助けることはできない。

「自分の身は自分で護る、だから……！」

「いいぞ」

あっさり頷くハティに太陽は二の句が継げない。床の上でぽかんとする太陽を見てハティは剛毅に笑ってみせた。

「汝（なれ）は我が盟友スコールの番、つまり我らが血に連なる者だ。そして我は一族の長、魔狼王マーナガルム。眷属（けんぞく）のおまえがスコールを救いたいと願うのなら、俺はそれに応えよう」

ハティはベッドの上から石を拾った。指で石の表面をなぞると三叉の光がぼうっと表面に浮かんでくる。

「こいつをしっかり持っていろ。俺たちの流れ弾を防ぐくらいはできるだろう」

「わ、わかった。……でも本当にいいのか？」

ついさっき本人が言っていたのだ。自分は一族の長だからスコール一匹のために動けないと。

逡巡する太陽をハティは笑い飛ばした。

「俺がスコールのもとへ行かないのは、あいつが望まなかったからだ。だが、たった今おまえに頼まれたからな。血族の願いを聞き入れるのも、血族を護るのも長の務めよ」

「もし、あんたに何かあったら……」

「人間風情が魔狼の心配をするなと言った筈だ。もしも俺が力尽きたとしても、一族の中から次の長が現れるだけだ。なんとかなる」

頷きながら太陽は己の見る目のなさを反省した。

どうやら太陽が想像する以上に、ハティは面倒見がいいらしい。口の悪い乱暴者だと決めつけていたが、すこしだけ見直した。

「よく考えてみろよ。何かあるたび尻尾巻いて逃げるだけなら、最強の者を長にする必要はない。だろ？」

ふっとハティの身体が傾ぐ。太陽が支えようとする前に、彼は狼に姿を変えた。スコールとは違い、混じりけのない黒狼だ。まるでベルベットのような見事な毛並みに太陽は息を飲む。

乗れ、というようにハティが顎を反らす。頷いて太陽は狼の背に跨った。ハティはベランダから身を乗り出すと、太陽を背に乗せ夜空に跳んだ。

本当に飛んでいるのかと思ったが、それは長い跳躍だった。ビルの屋上を前足で蹴り、ふたたび滑空する。

初め大型犬の二倍ほどの体長だったハティは、駆けているうちにどんどん大きくなっていった。遂には二階建ての家ほどの大きさになったが、彼の質量はいったいどうなっているのだろう。民家の屋根に飛び移っても、物音ひとつ立てなかった。

（伝説の生き物だしな……）

太陽は必死にハティの背にしがみついた。気温は二十度ほどの筈だったが、ハティが高速で走るため凍えるほど寒い。このあと戦闘になることを考えても、長袖Tシャツ一枚の身はなんとも心細かった。

ふと、胸のあたりが温かくなる。そういえば胸ポケットにルーン石をしまったのだった。

まるで石が発熱しているようだ。敵の攻撃だけではなく、寒さからも太陽を守ろうとしているのだろうか。

（スコール、間に合ってくれ……）

好きだとか嫌いだとか、そんなことは後から考えればいい。生きてさえいれば考える時間はあるのだ。何もわからず、有耶無耶のまま消えられては困る。

いったいどれくらいの距離を移動したのか。ふと潮の香りが鼻腔を掠めた。ハッとして太陽は顔を起こす。突風に煽られ息ができない。薄く目を開くと海が視界に飛び込んできた。

潮風が髪や肌にまとわりついてくる。やがてハティの足が緩やかになった。目的地に辿り着いたのだろうか。太陽はあたりへ視線を走らせた。

煉瓦（れんが）とコンクリートで舗装された道にオブジェと植木が並んでいる。どうやらどこかの公園のようだ。ハティの足取りに迷いはない。途中、ぬるんと見えない膜のようなものをくぐり抜けた感覚があった。

しばらく進んでハティが足を止める。太陽は彼の背から降り立った。足がすこしガクガクする。ハティが狼から人の姿へと戻った。

「さっきのむにゅってなったヤツが結界なのか？」

ふらつく太陽を支えもせずハティはああ、と頷いた。

「人間どもが下手に巻き込まれたりしないよう、スコールが張ったみたいだな」

「あんたと違ってスコールはいいヤツだからな」

「惚気てる場合か、アホ」

ケッと吐き捨てハティは虚空をじっと睨んだ。スコールたちの居場所を探っているのだろうか。不安な思いで待つ太陽をよそに、ハティは行く先を決めたらしく歩きだした。慌ててその背中を追う。

「戦闘が始まったらおまえを構ってる余裕はなくなる。陣を張ってやるから何があっても絶対に出るなよ。もともとヴィーザルはおまえをぶっ殺すのが目的なんだからな」

「わかった」

神妙に頷くと何故かハティは口を噤み、太陽の髪を片手で乱暴にかき回した。痛い、と文句を言うとフンと鼻息が返ってくる。しばらく無言で歩くうちに太陽は気づいた。

(今のって、頭撫でたつもりなのか？)

一応ハティなりに太陽のことを気遣ってくれたのかもしれない。勘違いかもしれないが。すこしだけ気安い気持ちになってハティに話しかけようとしたときだった。シッ、とハティが鋭く制止する。

身を硬くする太陽を横抱きにすると、ハティはいきなり駆け出した。たった今、立っていた場所が深く抉れる。まるでハティの足跡を狙うように次々と地面に穴が開いてゆく。

（違う、ハティが攻撃を避けてるんだ）

何とか逃げ回っているが、次第に攻撃の間合いが狭くなる。太陽を抱えた状態では手も足も出ないようで、ハティは防戦一方だ。

「おいハティ！　俺を降ろして戦え！」

「うるせえ！　舌噛みたくなきゃ黙ってろガキ」

ふいにハティが足を止めた。太陽を地面に下ろし、背に庇って立ち尽くす。彼の視線の先にあるものを見て、太陽はハッと息を呑んだ。

「ヴィーザル！」

気がつけば、ハティと声を揃えていた。目に痛いほど白い裸身を晒し、ヴィーザルがふわりと地に降り立った。

ヴィーザルがまとっているのは、左腕に巻きつけられている真紅の紐だけだ。絹糸のような豪奢な金髪は足首よりも長く、肉体は見事な筋肉に覆われている。

ハティが低く呟いた。

「そいつはグレイプニルだな」

グレイプニルを残したまま、スコールはいったいどこに行ったのか。不安に喉を締め付けられるようで、太陽はちいさく喘いだ。

「スコールは……?」

隣でハティが舌打ちする。ヴィーザルはおもむろに右腕を伸ばした。そこから閃光が迸り、太陽は咄嗟に目を庇う。ハティの怒鳴り声が聞こえたと思った次の瞬間、視界は暗闇に閉ざされた。

(何? なんだ? 何が起きた……)

慌ててハティを呼ぶが返事がない。

気づかぬうちにヴィーザルの攻撃を喰らい、自分は死んだのではないか。己の想像にぞっとしつつ、太陽はあたりを探ろうとした。

徐々に視界が闇に馴染み、周囲の輪郭が浮かび上がってくる。

ヴィーザルが街灯を壊したせいで、闇に包まれたらしかった。朧(おぼろ)げながらハティの姿が見えてくる。

「ハティ……!」

どうやら太陽のことを捜しているらしく、必死にあたりを探っている。太陽の声に気づかないようだったのでさらに声を張り上げた。

「おい、ハティここだって！　……俺の声が聞こえないのか」

ハティの姿を見つけた安堵が、そのまま恐怖へすり変わる。ほんの数メートル先にいるのにハティは太陽の姿が見えず、声も聞こえないようだ。

だったらこっちから行ってやる。そう思い太陽はハティに向かって駆け出した。

「……あっ」

だが見えない壁に阻まれて、すぐに進めなくなってしまう。ぞっとして太陽はその場で立ち竦んだ。

「なんだよ、これ……？」

背後に気配を感じ、太陽は咄嗟に振り向いた。思わずあっと声を漏らす。

ほんの数歩先からヴィーザルがこちらを見つめていた。〝ここ〟にはハティもスコールもいない。太陽とヴィーザルのふたりだけだ。

「私の結界内です。魔狼にあなたの声は届きません」

声を張り上げているわけではないのに、ヴィーザルのことばはひと言も漏らさず耳に届く。太陽はぎゅうっと両腕で己の肩を抱き締めた。

ヴィーザルの顔はこちらを向いているが、その瞳は太陽を通り過ぎ、もっと遠くを見ているようだった。

震える声で太陽は言った。

「スコールは、どうした」

嫌な予感が胸を騒がせる。スコールが負けるなんて考えたくない。だが目の前にいるヴィーザルは傷ひとつ負っていなかった。

白すぎる肌、眩しすぎる金髪。あまりにも美しいので、じっと見つめていたら目が潰れるのではないかと怖くなる。

どうして自分は『あれ』に逆らおうなんて思ったのだろう。『あれ』こそが至高の存在。自分を支配すべきもの。

畏怖が今にも太陽を飲み込もうとしていた。

「さあ、こちらへいらっしゃい。少々力を使ったので、今の私は上手く動けないのです。ああ、なんて忌々しいグレイプニルの呪い……」

太陽はハッとした。ヴィーザルの眼窩がぽっかりと空洞になっている。唇に微笑みをたたえヴィーザルは続けた。

「どうか、畏れてはいけませんせん愛しい子。あなたのことは私が手ずから殺してあげましょう。人の身ではあり得ぬほどの幸福です」

心地よい声音に誘われて、頭の芯がぼうっとしてくる。あの美しい神の手で殺されたら、間違いなく幸せに違いない。

（くそ……あの声を聞いてると……）

頭ではちゃんとわかっている。だがこころが自分を裏切るのだ。高くもなく低くもない至高の声が、鼓膜を犯し脳髄を蕩かしてゆく。

「さあ、もっと近づいて。女神の残滓、愛しい人の子。あなたの可愛らしい悲鳴を、どうか私に聞かせて」

白く優美なあの指で、じっくりゆっくり殺して欲しい。きっと、死ぬほど気持ちがいいだろう。歓喜に啜り泣きながら恍惚のまま逝けたなら、きっと人の身には余るほどの光栄だ。

（嘘だ、俺……何を考えて……っ）

自分の考えに愕然とする。だがそれも長くは続かない。死にたくない、死にたい。殺されたくない、殺して欲しい。相反する感情に頭がおかしくなりそうだった。

（嫌だ……スコール、助けて……）

遂に足がふらり、と前へ出る。駄目だ、と誰かが叫ぶ声がした。その声は自分の声によく似ている。駄目だ駄目だ駄目だ。

「もう二度と転生できないように、魂をすり潰してあげましょう。痛くてつらくて苦しくて……きっと、とっても気持ちがいいですよ」

我知らず太陽は喘いでいた。これ以上は我慢できそうもなかった。今すぐに、殺して欲しくて堪らない。

「や、だ……スコー……ルっ」

太陽は力なく目を閉じた。ショート寸前の脳裏に白銀の狼が浮かび上がる。それは誰よりも強く美しい獣の姿だ。そう、神よりも。

(スコールスコールスコール！)

こみ上げる涙が頬を伝い、零れ落ちる。そのひと雫が胸もとにぶつかって弾けた。ふいに視界が明るくなる。

(あったかい……)

心臓の傍でとくとくと脈打つものがあった。そのぬくもりを、太陽はよく知っている筈だった。何度も触れ合い、抱き合った。

「あ、れ？」

濡れた睫毛をしばたたき、太陽は呆然とあたりを見渡した。自分の意思で身体が動く。まるで呪縛から解放されたみたいだ。太陽は慌ててヴィーザルから距離をとる。

(スコール？)

己の胸ポケットを探る。スコールに貰ったルーン石が眩い燐光を発していた。震える両手で太陽は輝く石を握り締める。

姿は見えないが、きっと近くにいる筈だ。何故ならスコールは太陽を護ると約束した。スコールは嘘を言わないし、太陽は彼のことばをすべて信じる。

気がつけば太陽は叫んでいた。

「スコール！」

ヴィーザルの美しい顔が激しく歪む。掌の中の石を握り締めながら、太陽はヴィーザルを睨みつけた。もう神に囚われたりしない。

背後から凄まじい衝撃を感じた。爆風に煽られ、太陽はその場にしゃがみ込み、肩越しに背後へ視線をやった。

「ソル！」

太陽は見た。スコールがそこに立っていた。

ヴィーザルの罠かも知れない。でも駄目だった。だってあれはスコールの声だ。太陽は顔を上げ、その名を叫んだ。

「スコール！」

こちらに向かって伸ばされた腕を必死に掴む。勢いのまま胸に飛び込むと、よろめきもせずしっかり抱きとめてくれた。再会を喜ぼうとして、太陽はひゅっと息を飲み込んだ。

「あ、あ……そんな」

綺麗な銀髪の半分以上が赤黒く染まっている。

震える指でそっと前髪をかきあげた。片目を瞑っているのは単に血で汚れているからだと思いたかった。あの美しい瞳が、片方だけでも損なわれてしまったなんて想像するだけでも嫌だった。

右肩は外れているのか、腕がだらんと身体の横に垂れ下がっていた。足も引きずっていて、無事なところを探すほうが難しい。

見ているのがつらくて、太陽は嗚咽（おえつ）を漏らした。

「イチャイチャしてる暇ねえっての。しかもスコールてめえ、いきなり現われたかと思ったらさっきよりボロボロになってるじゃねーか」

「ああ、ヴィーザルの結界を無理矢理破ったせいだ」

「格好つけやがって、このアホ」

背後からハティの呆れた声がして、太陽は滲んだ涙を慌てて拭った。怪我をしていたくせに太陽のために無茶をしたのだろう。

もうこれ以上止めてくれと懇願してしまいたい。だが太陽はぐっと堪えた。

これはスコールが決めた戦いなのだ。満身創痍(まんしんそうい)といえども、彼は自分の足で立っている。ここで余計な口を挟むのは、彼への侮辱も同然だ。

「何故、ここへ来た」

珍しく苛立ちも露わなスコールに、太陽はぎくりと身を強張らせる。

「ごめん、俺……」

自分の身は自分で守ると言いながら、さっそく足手まといになってしまった。居たたまれなさに身を縮めると、スコールにぎゅっときつく抱き締められた。

「スコール？」

ぬくもりに包まれて太陽は震える息を吐き出した。ごめん、ともう一度腕の中で囁く。

「見える場所にいたほうが安心だろ」

ハティの呑気なことばにスコールが呻く。口の中で悪態めいたものを呟きながら、地面にルーンを刻んだ。

文字が青く発光し、半径一メートルほどの円陣が浮かび上がる。スコールはその円陣の真ん中に太陽を下ろした。

「いいか〝何が起きても〟ここから出るな。この結界とルーン石が必ずおまえを護る」

「わかった」

頷く太陽にスコールがいい子だ、とでも言うようにぽんと頭を撫でる。あまりにも優しく微笑むものだから、うっかり涙ぐんでしまった。

「だからイチャイチャすんなら終わってからにしろっての」

ハティがうんざりしたように言うと、スコールはヴィーザルに向き直った。

さきほど太陽が見たのは幻覚だったのだろうか。ヴィーザルはその美しい瞳を物憂げに伏せ、静かに佇んでいる。

スコールは無事な左手をハティに突き出した。

「よこせ」

即座にハティが指でルーンを刻む。

数日前に見たのと同じ、『エイワズ』『パース』『アルジズ』のルーン。グレイプニルを保管していたのと同じものだ。

（……ってことは、グレイプニルと同じくらい、すごいもんでも持ってきたのか?）

そのうえさらに『ソウェイル』のルーンを追加する。ここ数日でルーン文字を暗記したので、太陽もその意味は知っていた。

アルファベットのSに似ている、勝利を意味するルーンだ。

「……！」

空中に光の亀裂が生じた。ハティがそこに腕を差し入れ、引きずり出したものをスコールに手渡した。眩い光の束が、やがて短剣へと形を変える。柄は漆黒で刃は滴るような血の色だ。

ヴィーザルが頬を引き攣らせた。

「レーヴァティン……何故、おまえたちが……！」

レーヴァティンはロキがルーンで作り上げた神器で、世界を滅ぼした巨人スルトの妻シンモラに預けたとされている。そのためラグナロクの際、スルトが世界を焼き払うのに使った剣だと考える研究者も多い。

その剣が今、太陽の目の前にある。ハティが得意げに胸を反らした。

「こいつはなあ、ラグナロクのどさくさに紛れてかっぱらっておいたのさ。つっても、ぽっきり折れちまってたから短剣に鍛え直したんだけどな」

「あいつ……世界の終末に、こそ泥したのか」

呆れるべきか感心するべきか悩みどころだ。スコールが身動きできないヴィーザルのもとへと向かう。

「魂は残しておいてやる。あと千年ほど眠っていろ」

左手に握りしめた短剣で、スコールは躊躇なくヴィーザルの心臓を貫いた。その瞬間短剣は燃え上がり、あっというまにヴィーザルを炎で押し包んだ。

神の断末魔の声は凄まじい衝撃波となり、木々やオブジェを打ち砕いてゆく。魔法陣に護られていなければ太陽も無事では済まなかっただろう。

声は徐々に途切れてゆく。凄まじい突風も止み、やがてあたりに静寂が戻った。

スコールががくりと膝を折る。精も魂も尽き果てたような様子に太陽はふたたび涙ぐんだ。

（終わった……やっと）

太陽が魔法陣から飛び出そうとした時だった。

「なんだ!?」

ハティが叫ぶ。炎に焼かれながらなお、ヴィーザルが咆哮していた。彼の心臓を突いたのはただの武器ではない。それなのにまだ生き永らえようとするのか。

スコールは立ち上がろうとしたが、足が萎えているのかその場にがくっと片膝をついた。

ヴィーザルを芯にして炎が地面を舐めた。オブジェや街路樹についた火が、煉瓦敷きの道やコンクリートまで燃やし始める。

「どうなってやがる？　あいつがくたばらない限りレーヴァティンは燃え続ける。終末の炎ならたとえヴィーザルだろうと焼き尽くす筈だろ。このままじゃこっちにまで飛び火するぞ」

　ハティの疑問にスコールが答えた。

「ヴィーザル自身の魔力だけならとっくに燃え尽き、炎は消えている筈だ。どこかから魔力を補給して、再生し続けているようだ」

「スルトの炎を上回るほどの魔力？　んなもんどこの世界にあるんだよ」

　ぼやくハティにスコールは言った。

「——あれを見ろ」

　美しい金髪も、白い肌も、宝石のような瞳もすべて焼け落ちて、骸になってなおヴィーザルは傲然と立っていた。

　心臓を貫く短剣はそのままに、骸は光の槍を手に携えていた。グレイプニルでさえ終末の炎で焼き切れたようだ。神は縛めから解き放たれた。

　ハティの呻く声が聞こえた。

「マジか。ここでグングニルが出てくんのかよ……。誰だよフラグ立てたヤツ！」

　ヴィーザルは空になった眼窩から涙のように血を流していた。

「私は、深く——深く傷を負いました。スコール、あなたの言うようにこの傷を癒すには千年ほど眠りにつく必要があるでしょう。でもひとりではありません」

己の身長よりも長い槍をヴィーザルは片手で自在に操ってみせる。頭上で軽やかに振り回し、槍先を地面に突き立てた。

地響きが鳴り、世界が揺れる。

「この場に結界を張ってくれたことに感謝を。世界を痛めることなく、この槍を振るえます」

「骸骨野郎にやらせるか！」

罵声を浴びせながら、ハティが幾つもの光弾を炸裂させる。

太陽は慌ててぎゅっと目を閉じた。鼓膜をつき破るような破壊音と瞼を貫く大量の光。

しかしこの魔法陣の中にいる限り、爆風も熱もまったく感じない。

音が止んだのを合図に太陽は恐る恐る両目を開いた。

ハティが次々とルーン文字を描いてゆく。ヴィーザルが煩さそうに頭を振った。襲いかかってくる光弾を、軽く右手を払うだけでいなしてしまう。

ハティは楽しげに笑った。

「さすが！　ラグナロクを生き残った神様だ。俺のルーンじゃ太刀打ちできないみたいだな」

「魔狼王、あなたに用はありません。あなたの一族にも興味はない。大人しく私が女神の出来損ないを始末するのを見ていなさい」

「悪いが、それはできない相談だな。ありゃあ忌々しいことに我が盟友スコールの番でな。あのガキは俺の血族となった。おまえの好きにはさせねーよっと！」

ハティが懲りずにまたルーンを描いた。しかし光の筆跡は途中で切れる。

「あ、がっ！」

ハティの身体が呆気なく吹き飛ばされる。いったい何が起きたのか、太陽は呆然と目を瞬いた。

地面に這いつくばりながら、ハティは叫んだ。

「スコール、立て！　そこから離れろ、巻き込まれるぞ！」

あたり一面が火の海と化していた。太陽の背よりも高い炎の壁が視界を埋め尽くす。

結界のおかげで、己のいる場所だけが凪のように静かだった。

揺れる炎の隙間で、スコールが力なくルーンを刻んでいた。もう魔力は残っていないようで、肩で息をしている。

スコールもハティも己に結界を張っているため、炎の中でも辛うじて生きている。

だがそれもどれだけ続くのか。逃げ出そうにも一歩でも動けばヴィーザルのグングニルに狙われる。

遂に限界がきたのか、ぐらりとスコールの身体が傾いた。ヴィーザルが槍を持ち上げてスコールの頭部めがけて振り下ろす。

「……ッ」

間一髪スコールは槍を避けると、狼へと変身した。ヴィーザルの槍を躱し太陽のもとへ駆けてくる。

ふたたびヴィーザルが槍を振るった。

「が、ぁあ！」

辛うじて直撃は免れた。だがグングニルの攻撃は掠めただけでもかなりの威力らしく、太陽のすぐ横にスコールが吹き飛んできた。

手を伸ばしそうになって寸前で思い留まる。

今すぐ駆け寄って支えてやりたかった。傷ついた彼を抱き締めて、その体温を感じたい。それが簡単に叶う距離なのに、太陽はその場から動けなかった。

彼があんな姿になってまで護ろうとしたものを、太陽が踏みにじるわけにはいかないのだ。何もできない自分が不甲斐なくて涙が滲む。

自分が出られないならスコールをここへ呼べばいいのではないか。太陽は思いつくまま叫んだ。

「スコール、こっちへ！　早く！」

太陽の声に反応してスコールが起き上がろうとする。だが後足を怪我したらしく、スコールは上半身を持ち上げただけで、がくりとその場に伏せてしまった。

結界の境界線で太陽は祈る。無慈悲な炎がすべてを飲み込もうとしているのに、我ながら愚かだと思った。

祈りなんてなんの足しにもならない。

現にヴィーザルはグングニルをスコールに狙い定めている。一度持ち主の手から放たれれば、必ず的に当たると言われている伝説の神器。

（違う）

声が出なかった。虚ろな眼（まなこ）が見つめているのはスコールではない。

（俺だ、俺を狙ってる）

ヴィーザルの真の狙い。それはソルの魂を持つ人間の抹消だ。視（み）えてはいないだろう。

そもそもヴィーザルは既に両目がなかった。それでも太陽の在り処を知って、グングニルを放とうとしている。

「俺のこと、忘れてんじゃねーよ！」

ハティの蹴りが骸の右手を砕く。だが脆く崩れ落ちた右手から、光の槍は放たれた。

太陽はスコールから貰ったルーン石を握り締める。神の槍はこの身を貫くだろうか。炎に巻かれて死ぬよりはマシかもしれない。どうか痛みは一瞬でありますように。

怖れはあるが太陽は目を逸らさない。見開いた眦から涙がひと粒こぼれ落ちた。

「が、ぁごっ、お」

獣の呻く声が太陽の鼓膜に突き刺さる。ひゅ、と喉の奥で空気が撓んだ。

太陽は血溜まりの中にいた。どくどくと腕の中の心臓が動くたびに、傷口から血が溢れてくる。太陽はスコールを抱きかかえていた。

魔狼を貫いた光の槍は、既に持ち主のもとへ戻っていた。

「あああああ！」

太陽は泣き叫んだ。自分を庇いスコールは槍の一撃を受けたのだ。狼の低い唸り声が耳に届く。瀕死の状態ではあるが、辛うじて息が残っていた。

違和感を覚え太陽はルーン石を握っていた掌を開く。丸い石は粉々に砕け、さらさらと指の隙間からこぼれ落ちた。

グングニルに穿たれてもスコールが即死しなかったのは、この守り石のおかげだったらしい。だがそれも破壊された。

「……ソ、ル……」

ハッとして腕の中のスコールへ視線を戻す。狼の声帯では発音しづらいのか、かなり聞き取りにくかった。

しゃくり上げ、必死に笑顔を取り繕う。

「俺は、ソルじゃない。太陽って呼べよ」

スコールは一度目を閉じ、ふたたび口を開こうとした。だがそこから声を発することはなく、瞼がゆっくり閉ざされてゆく。

「嫌だ、駄目、あああ……あああ」

スコールの命が、この手からすり抜けていってしまう。今確かに腕に抱いているのに、自分はこの男を永遠に喪うのだ。

狂ったように泣き喚き、太陽はその場で蹲った。炎が結界を埋め尽くす。

すべて、すべて燃えてしまう。

かつて世界のすべてを焼き尽くした炎なのだ。こんな結界などすぐに無力化されるだろう。いっそのこと今すぐグングニルでこの心臓を穿ってくれたらいいのにと思う。

恐怖から逃れるため太陽はきつく目を閉じた。炎は消え、恐怖が遠くなる。よかったと安堵に胸を撫でおろす。あたりは静寂に満ちている。

すべてが終わるまで、このままずっとこうしていよう。

（いいのか、それで？）

ずっと。ずっと何もできずに、いつだって護られるばかりだった。

相手が勝手にしていることだから。自分は巻き込まれただけだから。そうやって言い訳をして、自分は一切何もしなかった。

この期に及んで目を閉じて、都合の悪いものから逃げようとしている。

（だって、怖いよ。怖い。助けて助けて誰か）

こんな自分は嫌だ。怯えて無様で情けない。こころの底からそう思うのに、どうしても身体が動かない。

スコール、と名前を呼ぶ。瞼の裏に浮かぶ、白銀の狼。この世で一番美しい獣。ふと、声が鼓膜の奥に蘇る。

『恐れてもいい。目を開けていろ』

スコールの声だ。以前彼が太陽に言ったことばだった。

（怖くても、いいのか？）

死ぬほど怯えながら、目を開けて今度はもっと大きな声で名前を呼んだ。

「スコール」

血を流し倒れながらも、スコールにはまだ息があった。

燃え盛る火が結界を舐め尽くそうとしている。今もなお炎に対する恐怖は薄れていない。

それでも太陽は涙を拭い、おもてを上げた。

業火の向こうに水平線が見える。日の出だ。まるで空が燃えているようだった。この瞬間、死にゆく者たちをも陽は平等に照らしている。

まるで光に抱き締められているようだ。

朝陽に向かって指を伸ばす。その指を握り返して貰った気がした。優しい手だ。

(ずっと……火が怖かった)

この世に生れ落ちた時から、その恐怖は自分とともにあった。誰にも、太陽自身にさえその理由はわからないままだった。

肌を炙り、髪を焦がし、肺を燃やす。すべてを消し炭にする灼熱の炎。

(俺は、知っている)

知っているからずっと、ずっと怖かった。

火輪を牽いてひた走る、つらく苦しい終わりのない日々を、俺(私)は知っている。

狼の身を地面にそっと横たえて、太陽は立ち上がった。宙にエイワズのルーンを記す。

白銀の狼がぽうっと光の膜に包まれた。

結界の外へ一歩踏み出す。炎が頬を撫でるが、気にならなかった。太陽の中心温度は千五百万度だ。この程度の炎など、ぬるま湯に浸かっているに等しい。

ハティの声が聞こえた。炎に捕らわれて思うように動けないらしい。ヴィーザルの槍が彼の右大腿を貫いた。ハティを地面に縫い付けながら骸はその動きを止めた。

「私(俺)はここだ、ヴィーザル」

ハティから槍を引き抜きながら、ヴィーザルがこちらを向く。一瞬だけ絶句し、骸は虚ろな声を響かせた。

「覚醒したのですか、ソル」

「さあ、どうだろうな」

わざと太陽は嘯(うそぶ)いてみせた。東の空へと目を向ける。

ここからでも今まさに昇ろうとする陽が、海と空を焦がしているのが見えた。ヴィーザルの朽ちた歯がカチっと鳴る。

「そう、両親思いの娘ですね」

太陽の女神ソルは、スコールに飲み込まれる直前、娘を産み落とした。その娘が太陽の引き手となり世界は滅亡を免れたのだ。

ソルの夫については多くが謎に包まれている。ある書にはグレンという夫がいたと記されていたが、それを偽書だとする説もあった。

神話らしく処女受胎でもしたのかと思っていたが――。

（おまえだったのか）

太陽は地に倒れているスコールを見て頬を染めた。ちゃんと父親がいたらしい。

「どうするつもりです？」

ヴィーザルに声をかけられて太陽は我に返った。しばらく考えて、太陽は『オシラ』のルーンを記した。Oの字に似ているが、底辺は交差している。

炎から徐々にその勢いが失われ、やがて大地（オシラ）が現れた。ヴィーザルが緩慢な動作で槍を振り上げる。だがその槍は放たれることなく、地面に叩き落とされた。

「だから……、俺を、無視すんじゃ、ねえっての」

ヴィーザルの頭蓋骨を砕き、背後から現れたハティが地面に血を吐き出した。

人型を保っていた人骨がガラガラと崩れてゆく。ハティはそれを無感動に眺めていたが、ハッとした様子で周囲を見回した。

「スコール！」

地面に倒れているスコールのもとへ駆け寄って、ハティは乱暴にその身体を揺すった。

「おいくたばったのか、スコール！　おい！」

太陽は慌ててハティを止めた。

「エイワズをかけたから回復してる筈だ。そんなに揺さぶったら傷口が開くから止めろ」

ハティは胡乱げな眼差しを太陽に向けたあと、何かに気づいたらしく喚くのを止めた。

「おまえ……女神の力が戻っているのか？」

「たぶん、今だけだ。持つべきものは優しい娘だな」

昇りかけの太陽を指さすとハティはああ、と頷いた。どういう原理かはわからないが女神の力を少し分けて貰っているらしい。

「元はおまえの力だからな。返さずに貰っておきゃいいのに」

なかなか魅力的な話だが、前途ある大学生には必要のない力だ。こんな厄介ごとはもう二度とご免こうむりたい。ゲームと現実はやはり違う。

スコールが無事と知ってハティは真っ直ぐにグングニルを拾いに行く。ルーンで厳重に保護をかけ、どこかへしまった。

「レーヴァティンをぶっ壊されたから、その代わりだ！」

「俺は何も言ってないぞ」

太陽の視線を気にしてか言い訳するハティがおかしかった。実際こんな場所に神器を落として行くわけにはいかないから彼の行動は理に適っている。

（本人が後ろめたいんだろうな。ヴィーザルにとっちゃ父親の形見みたいなもんだし）

不貞腐れてそっぽを向いたハティが、突然目の色を変えた。

「スコール！」

前を行くハティを押しのけて太陽はスコールのもとへ駆け寄った。ハティが何やら怒鳴っていたがどうでもいい。

身じろぐ狼を太陽はそっと抱き締めた。規則正しく脈打つ鼓動に涙が勝手に溢れてくる。

「よかった」

毛に顔を埋めると、いつかのように草原の匂いがした。血と泥にまみれているのに、嫌だと思わない。

「おい、おまえの部屋まで運んでやるからちょっと退け」

乱暴に肩を掴まれて、太陽は正気に戻った。いくら結界を張っているとはいえ、ずっとここにいるわけにはいかない。スコールほどではないが太陽だって疲労困憊(ひろうこんぱい)だ。

ハティが巨狼の姿に変化する。傷ついたスコールをその背に乗せ、スコールごと抱きつくように太陽も跨った。

夜明けの街を疾走する。振り落とされないようハティの背に必死でしがみつきながら、太陽は街が目覚めてゆく様子を眺めていた。ビルとビルの隙間に差し込む光。

（ありがとう）

胸の中で呟くと、身体がふたたび陽光に包まれた。優しく頬を撫でられた気がして太陽は顔を上げる。胸が痛くなるような蒼穹が視界いっぱいに拡がった。光がゆっくり遠ざかってゆく。

「ありがとう！」

思わず声を張り上げたが、彼女に通じたかどうかはわからなかった。

『礼なら俺じゃなくてスコールに言ってやれ』

これが念話というものなのだろうか。頭に直接響くハティの声に太陽はびくりと身を震わせた。腕に力を込めるとスコールのぬくもりが伝わってくる。

「……うん。ハティも、ありがとう」

太陽がちいさく呟くと応えるようにハティが短く吠えた。

## Ⅶ

明るい陽の光の下で見ると、ハティもスコールに負けず劣らずボロボロだった。無事太陽の部屋までふたりを届けてくれた彼は、どさりとフローリングの上に転がった。

「ハティ、大丈夫か」

「これが大丈夫に見えるか、クソガキ？」

憎まれ口を叩いているあいだは大丈夫だろう。太陽はスコールのほうに向き直った。息はしている。だがそれだけで精一杯といった様相だ。弱く浅い呼吸がいつ止まってしまうか不安で堪らない。

太陽は立ち上がりタオルをぬるま湯に浸した。それをきつく絞ってスコールの身体を清めてやる。彼の美しい白銀の毛には泥と血のよごれがこびりついていて、なかなかに手こずった。

魔狼の能力なのか回復のルーンの効果なのか、ほとんどの傷は既に塞がりつつあった。

唯一、背中に負ったグングニルの傷だけは、今も血が滲んでいる。これは太陽を庇って負った傷だ。本人が張っていたものと、太陽を護っていたもの、二重の結界さえ貫通するとは、さすがに神器だけあった。

スコールが庇ってくれなければ、今ここに太陽はいなかった筈だ。

心配していた右目だが、取り敢えず眼球は潰されていなかった。だが瞼が裂けた痕があるので、角膜に傷を負った可能性がある。

普通の傷なら魔狼の能力できっと回復するだろう。だがこれはヴィーザルにつけられた傷だ。太陽の女神の加護（ルーン）が効いてくれることを祈るしかない。

タオル一枚では足りず、追加で二枚使う。完全に綺麗にすることはできなかったが、それでもずいぶんマシになった。

背中をできるだけそっと撫でてやると、くぅと微かな息がスコールの口から漏れる。

「甲斐甲斐しいねえ」

肩越しににゅっと首が伸びてくる。耳元で囁かれ、太陽はハティを押し退け睨みつけた。

「色気のねえクソガキだと思ってたが……そうして殊勝にしてるとそそらないこともないな」

「ひとのことからかってる暇があるならおまえもなんか手伝えよ」

太陽が詰るとハティは明後日の方角を見て口笛を吹いた。わざとらしい。

「俺のルーンは戦闘特化で、回復系はいまいち苦手なんだよ。それにおまえのエイワズがよく効いてるから大人しく寝てりゃそのうち目を覚ますさ」

「そのうちっていつの話だよ」

百年、二百年後に目を覚まされても困るのだ。ハティはふいにニヤニヤ笑いを引っ込めた。

「そいつのことだ、早くて一週間、遅くとも十日後には起きるだろう。だがヴィーザルにやられたせいで、かなり弱ってるのも確かだ。おまえの助けがいる」

ハティのことばに太陽は頷いた。自分にできることならなんでもしてやりたい。スコールが太陽のためにしてくれたことを思えば、多少の無茶だって厭わないつもりだ。

「〝こっち〟の水は、俺たちに合わないってのはもう言ったよな」

「ああ、覚えている」

「普段のこいつなら耐えられても、ここまで弱っちまうとつらい筈だ。本当だったら今すぐ〝あっち〟へ連れて帰りたいところだが……俺の負担がでかすぎる」

文句を言おうとして気づく。ハティの髪の生え際には、いくつも血の塊があった。平気な顔をしているが、彼も激しく消耗しているらしい。

何も言えなくなってしまった。

「だがここにはスコールの番であるおまえがいる。おまえの精力（ちから）を分けてやれ」

「俺のチカラって……」

太陽の女神の加護はもう消えた。いくらルーンを刻んでも、何も起こらないのは既に確認済みだった。瀕死のスコールに分けるだけの力が自分なんかにあるのだろうか。

ハティはスコールの横に片膝をつくと無造作にその下腹をまさぐった。

「おい、何を……ッ」

言いかけて絶句する。じわじわ顔が赤くなる太陽を見ても、珍しくハティは茶化したりしなかった。

「魔狼って言ったたって獣で雄だ。死にかけると本能に従い子孫を残そうとするのさ」

腹の毛をかきわけるまでもなく、スコールの陰茎が屹立している。

こっちへ来いと言われて太陽はすぐに動けなかった。ハティが何を言い出すのかなんとなくわかってしまうのが嫌だ。

急かすわけでもなく金の瞳が己をじっと見つめてくる。まるで魔法に操られるように、太陽はスコールのそばに跪いた。

「あっ」

手を取られ、スコールの昂りを握らされる。どくどくとそこは熱く脈打っていた。

腰の奥がずくんと疼く。傷ついている彼を前にして、自分は何を考えているのだろう。

己の浅ましさに身が竦む。

「幸いにもおまえは〝こっち〟の人間だ。しかもスコールの番で、奴の魔力もしっかり身体に馴染んでいる。コレをおまえの腹ん中に受け入れてやれ。そうすりゃスコールの回復も早い」

「……ッ」

スコールから手を離し、太陽は全身をおののかせた。奥歯が噛み合わずカチッと鳴る。彼とはもう何度も繋がった。男の身で陰茎を受け入れることにも、最初の時ほど抵抗はない。

だが――。

「ああ、そうか。こっちの姿でまぐわったことはないんだな」

力なくかぶりを振って、太陽はうなだれた。ついさっきなんでもする、と意気込んだ筈なのになんて自分は情けない。

(怖い……)

スコールのことは好きだ。彼の強さに憧れているし、容姿だって好ましく思っている。認めたくないが、たぶんそれなりにそれなりの恋愛感情だって抱いている――と思う。

狼の彼は気高く美しく、見るたびにハッとするほどだ。だからこそ、怖かった。

白銀の魔狼。人間よりは神に近しいその存在。その聖なる獣を穢すのも、自分が穢れるのも怖い。

「まあ、そうビビんなよ」

今にも泣き出しそうになった瞬間、ぽんと頭にぬくもりを感じた。ハティはそのまま太陽の前髪をぐしゃぐしゃにかきまわした。

「まあ、無理にとは言わねーよ。おまえら流のことばで言やぁ、獣姦ってやつになるからな。ついでにこいつの意識もないときてる」

話している途中でハティの頭がぐらり、と揺れる。慌てる太陽に彼は苦笑した。

「悪い、そろそろ俺も限界みたいだ。まあ、放っておいても一応回復はするからな。多少しんどいだろうが……こいつが自分で選んだ道だ。泣き言を言うような奴じゃない」

そんなことばを聞くと余計に居た堪れなくなった。

落ち込む太陽を尻目にハティはフローリングに爪を立て幾つかのルーン文字を刻んだ。アルファベットのMに似た文字はエワズ。もとは馬を意味するルーンで転じて道を選ぶという意味を持つ。そしてオシラは故郷や大地を意味するルーンだ。

魔法が発動し、ぽうとルーンの光が床から浮き上がってくる。

「お別れだ、クソガキ。もう二度と会うことはないかと思うが……」

「……クソガキじゃない、太陽だ」

ぼそっと呟くとハティは苦笑してみせた。

「俺たちが瞬きするあいだに生まれて死ぬのがおまえら人間だ。いちいち付き合っていられるか」

ハティはスコールを見下ろした。そんな人間を番に選んだ同族を見る目は、何故か優しい。やがて溜息を吐き、肩を竦めた。

「つまりこの野郎は特大のバカだ。本当に理解し難いが……」

ことばを切り、ハティはじっと太陽を見つめた。

「こいつのことをどうか頼む。俺にとっちゃ兄弟みたいなもんなんだ」

任せておけ、と言いたかった。太陽が口を開こうとした時、光があふれ視界が白く灼きついた。

(――――！)

目を開けるとルーンの文字は消え、部屋の中にはスコールと自分だけが取り残されていた。太陽は片手で髪をかき乱した。

(返事くらい、聞いてから行けよ)

息を吐き、バスルームへと向かう。汚れた身体をすっきり清め、後ろの準備をした。

「は。……っふ」

指を挿入してみると、思いのほか柔らかく受け入れる。ゆっくり抜き挿しすると、中がぐねぐねと動き指にまとわりついてきた。

(俺のここって、こんなだったか?)

シャワーを止めて指を使う。浴室にくちゅくちゅ、と恥ずかしい水音が響いた。ローションを用いていないのに、太陽の肛孔は雄を受け入れるための愛液があふれてくるらしい。

自分の身は、番であるスコールのためにすっかり造りかえられてしまったようだ。

膝が震えて、これ以上続けるのは無理だと判断する。バスルームから出て濡れた身体をタオルで拭った。

意を決し、スコールが眠る部屋へと戻る。タオルも身につけず、全裸のまま狼の傍に寝そべった。

正面からはさすがに抵抗が大きい。太陽は背面側位で挑むことにした。

誰も見ていないというのに顔が火照って仕方がない。それだけの禁忌を自分はこれから犯そうとしている。

狼の股間に腕を伸ばし、ふたたび屹立を手に取った。人間とは違って括れのないまっすぐな一物だ。

急所を握られているというのにスコールは身じろぎひとつしない。

（スコール）

片膝を立て尻を突き出し、スコールの陰茎を肛孔に押し当てる。ここまできてもまだ、太陽は思い切れずにいた。

（やっぱ、怖ぇよぉ……）

手も足もぶるぶる震えてくる。太陽はグスっとしゃくり上げた。意を決し、掴んだ陰茎を自分の中へ導いた。

「う、んぅ」

角度の調節が難しくて、がに股のようなみっともない格好を取らざるを得ない。はたから見たらどれだけ必死で滑稽に映るだろう。

「は。く、ふぅ」

陰茎が奥へ進むたび、ぬちぬち、と恥ずかしい音が鼓膜を打った。怖い。今すぐ逃げ出したい。そう思うのに、身体はスコールを受け入れたがっている。愛液が腿の内側まで汚していることに気がついた。

（くそ……これじゃ俺、淫乱じゃねーか）

　そんなことを思い、太陽はちいさく喘いだ。半分まで受け入れた陰茎を、内壁が勝手に締め付ける。

「あ、あっ、あ」

　感じては駄目だと思えば思うほど、余計に快感が深くなる。まだ抜き挿しもしていない――どころか最後まで納めてさえいないのに。

　発情期にスコールと抱き合った時より、もっとずっと気持ちがよかった。自分でも知らなかったが特殊な性癖があったのだろうか。だがすぐにそうじゃないことに気がついた。

（俺、完全におまえの番になったんだな）

　頭を仰け反らせると、狼の毛に包まれる。腹の毛は肩や背中より柔らかい。息を深く吸い込むとスコールの匂いが強くなった。頭がクラクラする。

「あ、ぁ、ああ」

　気がつけば夢中になって腰を使っていた。大きく足を広げ、へこへこと尻を前後に蠢かす。恥ずかしい真似をしている自覚はあった。でも気持ちよくて止まらない。

「あ、スコール、スコール……！」

　目を覚まして欲しかった。銀色の瞳に見つめられながら思いっきり達したい。太陽の中でスコールがさらに膨らんだ。いったいどこまで膨らむのだろう。腹を突き破ってしまいそうで怖い。だが太陽は怯えながら浅ましく期待してもいるのだ。

「やっ、も、でけえよぉ」

さっきからずっと、ぬぽ、ぐぽ、と聞くに堪えない水音が太陽を責め立てている。もう何も考えられなかった。どこまでも上り詰めてゆく。

「イッ、もぉ、いく、いっちゃ……ッ」

尻をスコールの腹毛にグリグリと擦り付ける。絶頂の余韻で激しく蠕動する淫壁が、スコールの陰茎にねっとりとりからみついた。

「は、はっ、は」

スコールの胸にぽふ、と横顔を埋め、乱れた息を整える。まだスコールは達していないが、すこし休憩を取りたかった。尻に入れていたペニスを、ぬぬぬ、とゆっくり引き抜いてゆく。

あともうちょっとで完全に抜けるかという時だった。

「はう！」

どちゅ、と音がするほど、いきなり最奥まで突き入れられる。ぐるるる、と喉の奥で獣が唸るのが聞こえた。

「あ、え？　あああぁ！」

背後からのしかかられ、逃げられない。そのまま太陽のことなど一切気遣わぬ苛烈な抜き挿しが始まった。冗談ではなく本当に腹を突き破られそうだ。

「スコール？　おい、スコール……！」

名前を呼んでも反応がない。ただ番に種付けをしたい、という本能だけでスコールは太陽を組み伏せているようだ。

こんなのは嫌だと思うのに、蕩けた身体は浅ましくスコールを強請っている。

「いっ、あああ！」

人間の姿のスコールのものでは届かなかった奥まで暴かれる。達したばかりの敏感な粘膜をめちゃくちゃに擦られて、太陽は狂ったように泣き喚いた。

半狂乱になって暴れていると、うなじに牙を立てられる。

「あっ、がっ」

両目を見開き、太陽は息を引き攣らせた。スコールの全身がぶるりとおののいて、奥が濡れるのがはっきりとわかる。射精が始まったらしい。

「や、ああ、ああ……」

根元が膨らむ前に陰茎を自分の中から抜かなければならない。そう思うのに腰が抜けたみたいになって、太陽は動けなかった。身悶えしていると、中のものがぐうっと大きくなってきた。

「や、だ、やだ、うぁあ」

膨らんだ亀頭球に前立腺を潰されて、太陽はこどものように泣きじゃくった。快感が強すぎてもはや苦痛と変わらない。しかもこれから十分以上これが続くのだ。

「ひぃ、んっ」

注がれ続ける精液のせいで腹が重くなってくる。飲み込めない涎で顎を濡らし、太陽は胸を喘がせた。

その時ふいに下腹がジンと熱くなった。

「え、あ？」

恥骨の上あたりがどくどくと脈打っている。太陽は以前スコールに言われたことばを思い出す。

『おまえは俺の番になった。男だが子を孕むこともできる』

もしかして、この脈動は太陽の身体が妊娠できるようになったことを知らせているのではないか。

「うそ、うそ、うそだ、あっ」

スコールを救うためならなんだってしてやると思っていた。その覚悟は今だって変わらない。

「あ、だめ、だ、めっ。せいえき、とまってぇ」

必死で孕むことを拒もうとする。当たり前だ。太陽は男で本来であれば女性を妊娠させる側なのだ。だがそんな雄の本能をねじ伏せるようにスコールの精を注がれる。

「や、ああ、やーっ」

ほとんど意識がない筈なのに、スコールが緩く腰を蠢かす。吐き出した己の精液を粘膜に塗りたくるような動きだった。

「こ、んな、……ひど……ッ」

自分の指に噛みついて、太陽は必死に耐えようとした。だが全身の力が抜けてしまい、ただ指をしゃぶるだけで精一杯だ。

こんなのはもうセックスじゃない。完全に交尾だと思う。太陽はちいさく啜り泣いた。なんて惨い行為だろう。

「あ、ひぃ、あぁ」

こんな快楽を覚えたら、もう二度と普通のセックスでは満たされなくなるではないか。

太陽は肩越しに背後を振り向いて、スコールの鼻と言わず口と言わずめちゃくちゃに口づけた。

気がついたスコールが咆哮するように大きく口を開く。長い舌を伸ばし、太陽の顔じゅうを舐め回す。笑いながらその舌に噛みつくと、反撃とばかり口腔内を深々と犯された。繋がったところからグズグズに蕩けてゆく。

互いの境目が曖昧になり、やがてひとつに戻るだろう。そうだ、と太陽は思い出す。かつて自分たちはふたつでひとつの存在だった。

（ああ……ぜんぶ、まざって……）

やっと戻れたんだ。そう思いながら、太陽は意識を失った。

追いかけて追いかけて追いかけて、遂に捕まえた。

憎いのか愛しいのかもはやわからない。捕まえてその喉笛に噛みついた。口腔内に流れ込んでくる生命。

これでやっと自分のものに――。

（真実（ほんとう）か？）

血を流し、息も絶え絶えになりながら『それ』が笑う。それは紛れもなく勝利の笑みだった。

愕然としながら『それ』の瞳から急速に光が失われてゆくのを、なすすべもなく眺める。

待て、と告げるまえに『それ』は喪われた。

追いかけて捕まえて、己のものにしたかった。殺して喰らえば自分のなかに取り込めるとそう思ったのに――。

（ああ……）

なんて酷い間違いだ。もう二度と取り戻せないものを嘆き、世界の終わりに狼は独りで咆哮する。


短い夢を見た。狼の夢だ。

そこまでわかるのに、頭に靄がかかったみたいに内容までは思い出せなかった。スコールのことを考えていたから、彼の夢でも見たのだろうか。

身じろぐと身体のあちこちがみしりと軋んだ。今は何時だろう。

（ナチュラルに講義サボったな）

今日はバイトが休みでよかった。起き上がるのも億劫で太陽は床の上で頭をぐっと仰け反らせた。

窓はカーテンが全開で、霧雨が降っていることを知る。そのまま目を閉じようとして、くしゅ、とちいさなくしゃみが出た。夏が近いとはいえ、風呂上がりに全裸でしかもフローリングの上で寝たので湯冷めしたかもしれない。

今は何時だろうか。たぶん昼は過ぎて、まだ夕方にはなっていないとは思うが、正確な時間はわからなかった。

スマホは充電器に刺しているし、時計は起き上がらないと見えない。代返も頼まず大学を休んだから、スマホには友人たちからのメッセージが届いているだろう。

起きてもう一度シャワーを浴びるか、全部無視してベッドに潜りこむべきか。とりあえずもふもふな毛皮で暖を取ってやろうと太陽は隣に手を伸ばした。

爪が虚しく床をかく。

「あれ」

乾燥したのかすこし喉が痛い気がする。軽く咳き込みながら太陽は身を起こした。

「スコール?」

ぐるりと部屋の中を見渡した。1DKの広くもない部屋だ。狼の姿がどこにもないことはすぐにわかった。

大急ぎで下着を身につけ、パーカーを羽織る。ユニットバスを覗きに行って太陽はまた部屋の真ん中に戻ってきた。

（まさか、行っちまったのか？）

ぼふ、とベッドに腰を下ろす。以前スコールが言っていた。ヴィーザルを倒したら番を解消し太陽のもとから姿を消すと。

「なんで……」

動けるようになった彼は、太陽との約束を果たしたのかもしれない。愚かな獣だ。太陽のために命を懸けて、魂をすり減らし、番だってもう二度と作れない。

あと何十年、何百年、あるいは何千年、彼は独りで生きてゆくのだろう。

「バッカじゃねーの」

太陽には想像もつかない孤独だ。ハティのことばを信じるなら、スコールは三千年ものあいだソルの魂を追いかけてきた。

（魂ってなんだよ。そんなもん俺のいったいどこに入ってるんだよ）

こころの場所と魂の場所は違うのだろうか。自分が生まれる前の記憶などなにひとつ思い出せない。三千年のあいだ、自分は何度スコールに出会って別れたのだろう。

魂が同じだというのなら、どうして覚えていないのか。

（今の俺が、おまえのこと好きなだけじゃ駄目かよ。あんな……死ぬほど恥ずかしい真似

までしたのに、俺バカみたいだ）

堪えきれず嗚咽が漏れる。男どころか人間の矜持さえ捨てて、狼の精を受け入れたのはスコールに目を覚まして欲しかったからだ。

もう一度、彼の声を聞きたかった。

ふらり、とベッドから立ち上がり、太陽はベランダへ足を向けた。

雨はいつのまにか止んでいる。空気は水分を含み、頭上にはまだ暗い雨雲が垂れ込めているが、遠くの空は僅かに光が差していた。

手すりをきつく握り締める。

「俺、まだおまえに名前呼んで貰ってないのに……っ」

彼が太陽と寝たのは魔力を馴染ませるためで、番になったことさえヴィーザルから護るための手段だった。

何かひとつだけでも見返りを求めてくれたらよかったのに、太陽に与えるだけ与えて去ってしまった。

手すりに身を乗り出して階下を見下ろす。高さに目が眩み頭から落ちそうになった。

（もしもこのまま落ちたら……）

どこかで太陽を見ているスコールが、助けてくれるかもしれない。その時太陽はハッとした。同じようなことが、確か過去にも起きた筈だ。

手すりを掴んだまま、太陽はベランダにへたりこんだ。

こどもの頃高い崖から落ちたのにまったくの無傷だった。大人たちに言ってもきっと信じなかった筈である。奇跡以外にあり得ない話だ。

太陽が与り知らないうちに、もう何度も助けられていたのかも知れない。だが彼はそんなこと教えてくれなかった。

「スコール」

命を投げ出すような真似は絶対にできない。それはスコールから貰った一番大事なものだからだ。

太陽は空を見た。彼も今この同じ空を見上げているだろうか。それとも太陽が知り得ぬ世界の空を見つめているだろうか。

行きかたどころか、どこにあるのかも知らない世界。

腹の底が熱くなる。太陽は流れた涙をぐいっと手の甲で拭いとった。めそめそ泣いているのは性に合わない。

声に出して宣言する。

「おまえが俺の前から消えるなら、今度は俺がおまえのことを見つけ出す」

立ち上がり、誰憚ることなくおもてを上げる。

ヴァルハラだろうがユグドラシルだろうが、きっと辿り着いてみせる。何しろ太陽はスコールの番なのだ。きっと惹き合い導かれる筈である。

（スコールのヤツ、次に会った時はせいぜい覚悟しておけよ）

そう、こころの中で吐き捨てた。

# エピローグ

今年の夏は静かだ。

なんでも気温が高すぎると蝉も鳴かなくなるらしい。それほどの猛暑に出歩くなど自殺行為だと思う。しかし太陽はしがない大学生、命は確かに大事だが単位だって大事なのだ。あと数日で夏休みだと思えばなんとか耐えられる。

駅へ向かう途中、何かに呼ばれた気がして太陽は路地へと向かった。かれこれ二ヶ月ばかり避けていた場所だ。

よく知っている場所にたどり着いたというのに、太陽はぎくりとしてその足を止めた。

（……ああ）

かつて何度も通った古いアパートが、半分取り壊されている。太陽はしばしその場に立ち尽くした。

もうずいぶん慣れたと思ったのに、こんなところでふたたび喪失感に襲われるとは予想外だった。

「――あ」

太陽はスマホを取り出し時間を確かめた。浸ってばかりいられない。電車は待ってくれないのだ。

いつも乗るより遅い電車を降り、太陽は足早にキャンパスを歩く。急いでいる時に限って友人に出会うのはなんの法則だろう。

横田が呑気に手を振って話しかけてくる。太陽も気持ち足を緩め、手を振り返した。横田が勝手についてくる。

「おい、相馬。ゼミのなんとかって子のことこっぴどく振ったらしいな。なんか知らねーけど里塚が激怒してたぞ」

横田がスポーツドリンクをがぶ飲みする。太陽はぽり、と額をかいた。

「別にこっぴどく……は振ってない」

先日、ゼミが一緒の女の子に付き合ってくれと告白された。丁重にお断りした筈なのに、ゼミの飲み会で「私たち実は付き合ってるんです」と爆弾発言をかまされたのである。申し訳ないと思ったが改めて皆の前で断った。その結果号泣されてしまい、ゼミの女の子たちから総スカンを食らっている。

なんでも人前で女の子を振るのは、極悪非道の仕業だそうだ。

幸いにも男性陣は普通に接してくれるので、今のところそこまで不自由は感じていない。

（まあ、新入生用のプレゼミでよかった。これが本ゼミだったらヤバかったかも……？）

こめかみから吹き出した汗が顎まで滴り落ちてくる。黙って歩いていると横田がぼそっと呟いた。

「まあその女の子さんの気持ち、わからんでもない」

「なにが？」

Tシャツの襟をばさばさ振って少しでも風を入れようとする太陽を、横田はちょっと眩しそうに見た。

「最近のおまえ、エロさに拍車がかかったというか……」

そんな聞き捨てならない台詞を吐く友人から、「乳首見えるぞ」などと忠告される。

「見るなよ、エッチ」

軽口に付き合ってやると、横田は眼鏡をくいっと持ち上げた。

「今の、結構ぐっときたからもう一回言って」

「欲求不満か。おまえは早く彼女作れよ」

げし、と膝裏に蹴りをくらい、太陽は思わずよろめいた。すぐに体勢を立て直そうとして、変に足首を捻ってしまう。

「あぶな……ッ」

傾いた身体が地面に激突する寸前で、しっかりと抱きとめられた。身長百七十九センチの男を支えるなんて誰にでもできる真似じゃない。弾かれたように、太陽はおもてを起こしていた。

「……ッ」

銀色の瞳が静かにこちらを見下ろしている。スコールだ。あまりにも会いたいと念じたせいで、白昼夢でも見ているのだろうか。

太陽は愛する男の後頭部へ掌を滑らせた。もっと近くで顔を見たい。太陽がぐっと近づけば、スコールは屈んで優しく微笑んでくれた。

歓喜に全身をわななかせながら、太陽は目を閉じた。そうしてスコールの額に己の額を思い切りぶつける。

「ぐ、ぉ」

手加減なしの頭突きに呻いたのは太陽だけだった。スコールは僅かに眉を顰めているがこちらほどダメージを負っていない様子だ。

「そ、相馬ぁ!?　おま、何やって……っ」

横田のひっくり返った声を聞き、太陽はようやく我に返る。スコールの肩をがしっと抱き寄せつつ、へらりと笑った。その足は既に、今来た正門へと向かっている。

「横田、俺今日サボるから二限目の代返よろしく」

「へ？　お、おぅ」

まだ何か言い募ろうとする横田へ勢いよく手を振る。何か言いかけた様子だったが、横田はかぶりを振ると笑ってきびすを返した。

人々の視線がスコールに集まってくる。周囲に向かって勝手に見るなと大声で言ってやりたかった。

だって太陽は二ヶ月のあいだ、朝も昼も夜も、ずっとこの姿を求めていたのだ。誰にも見せず独り占めにしたい。悲しいほど自分は狭量だ。

「スコール、今すぐ俺の家まで飛んでくれ」

正門近くまで来たところで、太陽はスコールのTシャツの裾を引っ張った。心得た様子でスコールがルーンを刻む。

一瞬浮遊感を覚えたと思ったら、もう自室の中だった。エアコンをつけ、靴を脱いで片付ける。ちゃんと覚えていたらしく、スコールも言われる前に靴を脱いで玄関まで持ってきた。

じっと太陽の顔を見るだけでスコールは何も言おうとしない。エアコンの稼動音だけが、室内に響いていた。

耐えきれなくなったのは太陽のほうだった。

「なんで……」

スコールが大人しく太陽のことばを待っている。だが声が詰まってそれ以上言えなくなってしまった。

「ち、くしょ」

ぐっと奥歯を食いしばる。

黙って姿を消して、いったいどういうつもりだったのか。今まで、どこで誰と一緒だったのか。

訊きたいことも、言ってやりたいことも山ほどある。それから訊きたくないことも――。

(俺たちはもう番じゃないのか、とか。『俺』自身のことはどう思ってんだよ、とか)

次に会ったら絶対に問い詰めてやろうと思っていた。それなのにスコールの顔を見たら全部綺麗に吹っ飛んでしまった。

背中を優しく撫でられる。別に性的な意味はないのだということは知っているが、勝手に煽られてしまう。やめろと言いたいのに、言いたくなくてジレンマに陥る。だって本当はもっと沢山触れて欲しい。

太陽は無言でスコールの首に抱きついた。これなら自分の浅ましい表情(かお)を見られずに済む。

「ちゃんと話すから顔を隠すな。こちらを見ろ」

「嫌だ」

即答すると苦笑するような気配があった。自分はこんなこどもっぽい性格をしていただろうか。違うと思うが、それもこれも目の前の男が悪い。

太陽のことを壊したのはスコールだ。

「頼む、顔を見せてくれ。ずっと……ずっとおまえに会いたくて気が狂いそうだった」

切なく訴えられて、心臓が痛くなる。そんな言いかたは狡い。会いたくて頭が変になりそうだったのは太陽だって同じだ。意地を張っているのと照れくさいのとで、太陽は唇を噛み締める。

焦れたのか懇願するようにスコールが言った。

「頼む、太陽。おまえの顔を見たい」

「……ッ」

名前を呼ばれて反射的におもてを上げていた。目と目が合って、スコールは蕩けるような笑顔を浮かべた。

「ありがとう」

可愛くて可愛くて堪らない。睫毛が重なりそうなほどの距離でそんな顔をされては、降参するしかないではないか。

「な、まえ……おれ、の…っ」

堰を切ったように涙があふれだす。抑えようとしたのに間に合わず、こどものように泣き声が漏れる。

スコールが名前を呼んでくれた。凄く嬉しい筈なのに、どうしようもなく胸が締めつけられて苦しい。

「どうして、何も言わずに行っちまったんだよ。どっちかが死なないと番を解消できないんだろ。どういうつもりで、おまえは……」

睫毛の先についた涙をスコールが唇で吸い取ってくれる。瞼にあやすように口付けられ、太陽はふるりと全身をおののかせた。

「ヴィーザルとの戦いで、死ぬつもりはなかった。だが死んでもおかしくはないと思っていた。おまえが許さないのならば、この姿を現すことはすまいと……」

両手で顔を包まれる。嬉しくて掌に頰ずりをすると、唇に口づけが降ってきた。スコールの声をもっと聞きたいのにキスもして欲しい。スコールのすべてが欲しくて欲しくて堪らない。キスだけじゃ嫌だ。到底足りない。

「スコール……俺、したい」

言いながらスコールのベルトに手をかける。

震える指でボトムスのファスナーに指を伸ばしても、スコールは表情を変えなかった。

だがその視線は獰猛だ。今にも太陽を噛み殺しそうな目で見つめている。

そのままボトムスを引きずり下ろし、太陽はスコールのペニスを取り出した。改めてその存在感に息を呑む。立っている彼の前に跪き、下生えに鼻を埋め深く息を吸う。匂いが鼻腔を通って脳髄へと届く。

緩く勃ちあがりかけている彼自身に頬ずりすると、ぐんと勢いよく反り返った。

「そんなに慌てなくても、俺はどこにも行かないぞ」

掠れた声にスコールも興奮しているのだと知る。知ってしまったらもう駄目だった。

「嫌だ、待てない」

はあはあと獣じみた息遣いでスコールの先端に口づける。幹全体に舌を這わせるが、それだけでは足りなくて大きく口を開き剛直を口腔内へと招き入れた。

（スコールの……ッ）

硬く反りかえったものが上顎に擦れるたび、びくんとびくん腰が跳ねる。耳を撫でた指が顎を辿り、喉仏をくすぐった。

もっと奥まで欲しくて喉まで受け入れたところ、反射的に嘔吐いてしまう。

「無理をするな」

無理じゃない、と言いたかったが太陽は素直に退いた。もっと苛めて欲しくて疼いている場所がある。

「こっち……」

スコールと手を繋ぎ、ベッドまで数歩の距離を移動する。

服を脱ごうとして、指が震えていることに気がついた。口の中がカラカラで、苦しいほど激しく心臓が鳴っている。

スコールとはもう何度も抱き合ってきた。今さら恥ずかしがったり緊張する必要なんてどこにもない。だがそう思えば思うほど、緊張は募り羞恥心はいや増した。

（なんだよこれ。俺、いったいどうしたんだ……？）

先に服を脱ぎ終わり裸になったスコールが太陽の後ろにやって来る。半袖Tシャツから露出している肘から手首を撫でられて、首の後ろがそそけだった。

耳朶からうなじにかけて音を立てて口づけられる。

そちらに気を取られているうちに、Tシャツの裾から不埒な指が侵入してきた。

「あっ」

肋骨を撫でた指は胸へと移り、乳首を掠めたあとじりじりと腰骨に下りてゆく。それだけの刺激で腰が砕けてしまいそうだ。へなへなと太陽はベッドに腰を下ろした。

スコールはその正面に跪くと、そっとくるぶしに触れてきた。そのままソックスを脱がされて、恥ずかしいのと焦れったいのとで涙が滲んできた。反対側の足首を同じように掴まれる。

「も、いいっ。自分で脱ぐから……ッ」

残っていた靴下を脱ぎ捨てて、ベルトを外す。ジーンズを膝まで下ろしたところで、太陽は凍りついた。

服を脱ぐ太陽をスコールがじっと見つめている。彼の頭の中ではもう、太陽は犯されているのだろう。その証拠に彼の陰茎は完全に屹立していた。

「……っ」

死ぬほど恥ずかしい。今すぐ逃げ出そうかと太陽は真剣に考える。だがそれ以上にスコールに触れたいし触れて貰いたかった。

（自分で誘ったくせにモタついて……バカかよ俺は）

思い切ってジーンズを脱ぎ、下着を取り去った。スコールのほうをなるべく見ないようにベッドの上に仰向けに転がる。足を開こうとしたが、膝が笑って言うことを聞かなかった。

助けを求めて視線を彷徨わせる。真正面からスコールと目が合って、心臓が跳ねた。

(駄目だって。おまえに、そんな目で見られたら……)

今にも太陽を食い殺しそうな目で、スコールが見ている。両手で顔を覆い、太陽は決死の思いで立てた膝を左右に開いた。

「……っ」

太陽の全身でスコールの指や舌が触れていない場所などどこにもない。裸だって散々見られているのに、どうしてこんなにいたたまれない気持ちになるのだろう。

震える膝をするりと撫でられて、太陽はあっと声を上げた。そのまま申し訳程度に開いていた膝をさらに大きく広げられた。

視線がどこに向けられているか、太陽は知っている。期待で勝手に収縮を繰り返す後孔に、顔から火が出そうだった。

スコールに躾けられる前、そこはただの排泄器官にすぎなかった。でも今は雄を受け入れぐずぐずに蕩かされる、完全なる性器と化している。

太陽は思わず泣き声を漏らした。

「スコール……や、っ、もぉ」

ぐっと身を乗り出したかと思うと、スコールは太陽の股間に顔を埋めた。

「ふ。ぁあ、あん」

ぬるり、とした感触を肛孔に感じ太陽は甘い悲鳴を上げた。それだけで達してしまいそうなくらい気持ちがいい。

ふと、隣の部屋から微かに話し声が聞こえた。

ぎくり、と身を強張らせる太陽を尻目にスコールの舌は窄まりをなぞり、にゅぐにゅぐと中へ潜り込もうとする。

声が出そうになって慌てて己の指を噛む。浅い場所をもどかしく刺激され、どうしようもなく涙が滲んだ。

「んぅ、うん、んんっ」

入り口だけじゃなく、もっと奥まで苛めて欲しい。空いている片手で尻肉を掴み、スコールが舐めやすいように入り口を広げた。

舌先がさらに奥まで入ってくる。目の前に星が飛び散って、視界がチカチカした。

「もぉ、ほしっ……おまえの、奥まで突っ込んで、ぐちゃぐちゃにかきまわして」

スコールのペニスを掴み、導こうとする。だが上手くいかず会陰に押しつける形になった。外側から前立腺を刺激され、太陽は目を白黒させる。

はっ、はっと犬のように喘いでいると、舌打ちが聞こえ次の瞬間スコールによって一気に貫かれた。

「か、はっ」

声も出せず身悶える。スコールの手が、太陽の手と重なった。シーツの上に縫いつけられる。繋がれた指を同じ力で握り返した。

二回抜き挿しされただけで、太陽は軽く達してしまう。スコールを最奥で激しく締めつけながら、全身でしがみついた。

ずっと狂おしいほど求めていた匂いを、肌の感触をこころゆくまで堪能する。

頬と頬を重ねると、ふっと相手が笑う気配があった。

背中を抱かれ、ぐっと身体を起こされる。対面座位で見つめ合い、どちらともなく口づけを交わした。

一度達しただけじゃ全然足りない。もどかしく太陽が自ら尻を蠢かせようとしたら、口づけを解いた唇がそっと耳もとをくすぐった。

「ひなた、ずっと会いたかった」

骨が軋むほど抱き締められて、耳や首筋、額、頬、最後に唇にキスをされる。額と額をこつんと重ねられると、焦点がぼやけるほど近くに白銀の瞳があった。

「……っと、呼んで」

　声がみっともなくひび割れている。それなのにこちらを見るスコールの眼差しはどこまでも愛おしげだった。

「太陽、太陽、ひなた――」

　狭い場所を押し開かれ満たされる。自らも腰を蠢かせ、太陽は目の前の快感を貪った。繋がった場所から溶けて、ひとつになる。下から強く突き上げられ、太陽は大きくのけぞった。

　その喉笛にスコールの犬歯が食い込んだ。

　雷に打たれたように、全身におののきが走る。粘膜がねっとり剛直にまとわりつき、もっと奥へと誘い込む。そのきつい締めつけに逆らって、スコールは中を蹂躙した。

　背後に押し倒され、激しい抽挿が始まる。ふたたび喉仏に噛みつかれ、太陽は断末魔の獣のように泣き叫ぶ。

（おれのぜんぶ、たべて）

　逞しい雄に屈服され太陽は激しく達していた。

　恍惚の表情を浮かべる太陽を見て、スコールが目をぎらつかせる。太陽の足を限界まで開き、尻肉を押しつぶし、これ以上ないほど奥まで自身を突き入れると、スコールはそこで射精した。

喉を解放され、どっと酸素が肺に流れ込む。思わず噎せると優しく背中を撫でられた。

太陽の髪を撫で、額や頬に口づけながらスコールは言った。

「おまえを目の前にして、つい歯止めが効かなくなってしまった。乱暴にして悪かった」

長い射精の合間に、乳首を捏ねくり回されて太陽は何度も甘イキさせられてしまう。妊娠するかも、と快感に溶けた脳みそで考えた。

（おまえになら、孕まされてもいい）

もしスコールの種で孕んだりしたら、男としてはもう二度と生きていけないだろう。勿論、女として生きられるわけでもない。

男を捨てて、生涯スコールの雌として過ごすのだ。後頭部がジンと痺れるような感覚に、太陽は喘いだ。内壁が精液を飲み干そうとでもしているのか、淫猥に蠢いた。

「あっ。あ、あ」

身体だけではなく、脳みそまで絶頂を迎える。精も根も尽き果てて、太陽はひくひくと全身を痙攣させた。

半ば意識を飛ばしていると、射精を終えたスコールが太陽を抱き締めてくれる。達きすぎておかしくなった身体が、少しずつ落ち着いてきた。

スコールの胸にくたりと凭れながら、隣人はまだ在宅中だろうかと考える。ずいぶんはしたない声を上げてしまった気がした。

汗に濡れた身体にクーラーの冷気が心地いい。ついウトウト微睡んでいると、スコールの低い声が聞こえてきた。

「おまえに何も告げず消えて悪かった。思っていた以上に魂の磨耗が激しくて、あのままこちらに留まっていては遠からず消滅しそうだった。だから森へ帰ったんだ」

太陽はぱちりと両目を見開いた。今、消滅しそうだったと言ったのか。太陽は慌てて問いただした。

「今は？　こっちへ来てももう大丈夫なのか」

太陽の目をしっかり見つめたままスコールは頷いた。

「充分力を分けて貰ったからな。おまえからも」

スコールのことばに太陽は首を傾げた。エイワズのルーンを使ったことだろうか。スコールに頬を撫でられる。

ふと狼の姿でセックスしたことを思い出し、太陽は顔を両手で覆った。そのままの状態で抱き締められ思わず悶絶する。

「おま……おまえっ……あの時って意識はあったのか？」

「ああ、半分くらいは……。随分無理をさせてすまなかった」

　赤くなった顔を背けると、労わるように首筋にキスをされる。太陽がぴくんと反応すると耳朶の下や肩にもキスが降ってきた。

「ふ、ぁ」

　駄目だ、これでは身がもたない。

　スコールの腕の中から抜け出して、太陽は脱ぎ捨てた下着をそそくさと身につけた。そのままベッドから降りようとしたところ、スコールに腰を引き寄せられる。

　ふたたび逞しい腕の中に収まりながら、太陽は気になっていたことを訊いてみた。

「力を分けて貰ったって……その、誰から？」

　太陽が知っている狼はハティだけだ。まさかと思うが彼と抱き合っていたらどうしよう。それとも太陽の知らない綺麗な雌だったら？

　スコールが元気になったのは嬉しいのに、嫌な感じに胸がざわついた。こんな自分はスコールの番失格だろうか。

「誰、というかグングニルの魔力を拝借した」

「えっ」

　それは予想外の答えだった。確かに神器のグングニルなら魔力の塊なのだろう。安堵のあまり脱力する。

（よかった）

たとえお互いに特別な感情がなかったとしても、スコールが自分以外の誰かと触れ合うなんて絶対に嫌だった。

「いつまで一緒にいられる？」

こちらの世界に留まるだけでかなりの魔力を消費すると聞いている。復活したばかりの身でどれだけ一緒にいられるのだろうか。

もしもすぐに去ってしまうのなら、今度は太陽がスコールたちの世界へ行ってもいい。勿論スコールが許してくれたならだが。

「さあな。何百年か、何千年か。しばらくは大丈夫だろう」

太陽の額に口づけながら、スコールが告げる。嬉しくて抱きつくと優しく唇を啄ばまれた。自らも口づけを返しながら太陽は言った。

「なあ。どこかに行くなら、次は俺も連れて行って」

スコールは答えなかった。太陽の背をかき抱き、首元に顔を埋める。互いの心臓がトクトクと脈打っている。

「俺は、おまえとともにいて、いいのか？」

スコールの逡巡が伝わってくる。彼はずっと悔いているのかもしれない。彼の太陽を飲み込んだことを。だが自分は知っている。

（ソルはきっと、おまえに喰われたかったんだ。おまえに喰われる瞬間を待ち望んでいた……ずっと）

太陽は左手をスコールに差し出す。薬指を口元に押し当てて甘く強請った。

「ここ、噛んで。俺に消えない痕を残して」

唇が開き鋭い犬歯が覗く。牙が皮膚に食い込む痛みに溺れながら、太陽は啜り泣いた。

ソルの気持ちをスコールに告げるつもりはない。単なる嫉妬で嫌がらせだ。太陽の女神様ならそれくらいきっと許してくれるだろう。

（あんたのぶんも俺がこいつを愛してやる）

窓から見えるお日様が、きらりと輝いたような気がした。


夢を見る。

視界の果てまで広がる草原をひとりで歩いている。風がごうごうと唸っているなか、微かに名前を呼ばれた気がした。

立ち止まり、振り返る。

あたり一面草ばかりで、誰もいない。目が痛くなるほどの青い空、雲がものすごい速さで流れてゆく。

ひとりきりだが不安はなかった。風が草を揺らし、葉擦れの音で賑やかだ。ここは光で満ちている。

気がつけば太陽は駆け出していた。

誰かに追いかけられているようでもあり、誰かを追いかけているようでもあった。息が切れるまで駆けながら太陽は笑う。

突然胸の中に飛び込んでくるものがあった。温かく柔らかい。一瞬毛玉のように見えるのは狼のこどもたちだ。丸い頭に短い手足。灰色と黒毛の二匹の後ろからおずおずとついてくるのは——白と見紛う白銀の毛並み。最後の一匹だけ兄弟たちとずいぶん様子が違っていた。

毛は白銀、そして姿は人間のこどもそのものだ。ただ人の子ではない証拠に獣の耳と尾がついていた。

「みーつけた」

三匹まとめて抱きしめる。嬉しくて、くすぐったい。その気持ちはこどもたちのものなのか自分のものなのか或いはその両方なのか。

胸が痛くなるほど彼らの存在が愛おしかった。

また強く風が吹く。気がついたのはこどもたちのほうが早かった。彼らの視線の先を見る。

丘の上には三つの根が支える世界樹が聳え立ち、この世のすべてを見下ろしていた。

そして、この世界の何よりも誰よりも美しい銀の獣。愛する夫の名を太陽は呼んだ。

■あとがき■

通算七冊目の文庫本となる今作は北欧神話をベースにしたBLです。

北欧神話といえばルーン魔術ですが、そのルーンを小説で表現するのにちょっと苦戦しました。巻頭にルーン早見表とかつけたい気持ちです。

ルーン魔術に関しても北欧神話に関しても諸説ありますし、研究本も色々出ています。

その中より本作に使えそうなものを都合よく抜粋しミックスして執筆しておりますので、「おや？」と思われる方もいるかと存じますが、ご容赦頂けましたら幸いです。


ちなみにネタ出し当初は、スコールと転生ソル、ハティと転生マーニで４Ｐものにするつもりでした。

でも書き終わった今は４Ｐにしなくて本当に良かったと思います。文庫一冊では絶対に収集がつかない…。

ハティは最初攻のつもりで書いてたんですが、（というか太陽相手なら絶対に攻ですが）今はちょっと悩むところです。

というわけで(?・)こうしてまた本を出させて頂けたのも、今本書をお手にとってくださっている読者の皆様のおかげです。本当にありがとうございます。

毎回迷惑をおかけしまくっている担当O様、素晴らしい太陽とスコールを描いてくださった円陣闇丸先生にも多大なる感謝を述べさせて頂きたいです。

それではまたいつか、お目にかかれましたら幸いです。

鹿嶋アクタ拝

初出
「太陽は魔狼に耽溺す」書き下ろし

この本を読んでのご意見、ご感想をお寄せ下さい。
作者への手紙もお待ちしております。

あて先
〒171-0014東京都豊島区池袋2-41-6
第一シャンボールビル 7階
(株)心交社　ショコラ編集部

# 太陽は魔狼に耽溺す

2019年3月20日　第1刷



著　者:鹿嶋アクタ
発行者:林 高弘
発行所:株式会社　心交社
〒171-0014　東京都豊島区池袋2-41-6
第一シャンボールビル 7階
(編集)03-3980-6337 (営業)03-3959-6169
http://www.chocolat_novels.com/
印刷所:図書印刷 株式会社